〔中國古典戲劇萃編〕之二

牡丹亭

明・湯顯祖　撰／底本懷德堂本

《牡丹亭》目錄

序：千載傳唱牡丹亭

湯顯祖，明朝人，字「義仍」，號「若士」，又號「海若」，自稱「清遠道人」。明世宗嘉靖二十九年夏曆八月十四日（西元一五五〇年九月二十四日）生，明神宗萬曆四十四年夏曆六月十六日（西元一六一六年七月二十九日）卒。

年二十一，中江西舉人，年三十四才中進士，一五八九年（四十歲）任南京禮部主事。一五九一年，他因上疏《論輔臣科臣疏》，得罪當權遭貶調，一六〇一年免職返鄉，隱居「玉茗堂」，以劇曲自娛。作品有《紅泉逸草》、《雍藻》（失傳）、《問棘郵草》，友人韓敬在他逝世五年後，將他的詩文集成《玉茗堂集》。戲劇名著《牡丹亭》約完成於此時，另外還有《南柯記》、《邯鄲記》、《紫釵記》、《紫簫記》等，前四種合稱「臨川四夢」或「玉茗堂四種」，其中尤以《牡丹亭》最為有名。

《牡丹亭》在當時甫一推出，隨即廣受喜愛，「家傳户誦，幾令《西廂》減價」，曹雪芹的《紅樓夢》中也曾提到過這一齣戲劇。直到四百年後的今日，《牡丹亭》仍被傳誦不歇，不僅是崑劇的瑰寶，甚至還遠赴西方國家公開表演，依然獲得滿堂喝采，說明人類所具有的共同情感外，更足以證明《牡丹亭》的無上藝術價值就算再過幾個世紀，都能歷久彌新。

本書採用明朝懷德堂本為底本，除經重新編排版面，方便現代人的閱讀習慣外，特意不加以任何評點或注釋，希望讀者在沒有任何干擾的情況下，能沉潛在原文的優美之中，或者單純欣賞文字表面之美，或者更能探索到劇中隱藏的各種現象與觀念。總之，這種純粹欣賞中國古典文學的美的方式——可能需要一些些適應，但將得到更多。

作者題詞

天下女子有情，寧有如杜麗娘者乎！夢其人即病，病即彌連，至手畫形容，傳於世而後死。死三年矣，復能溟莫中求得其所夢者而生。如麗娘者，乃可謂之有情人耳。情不知所起，一往而深。生者可以死，死可以生。生而不可與死，死而不可復生者，皆非情之至也。夢中之情，何必非真？天下豈少夢中之人耶！必因薦枕而成親，待掛冠而為密者，皆形骸之論也。

傳杜太守事者，彷佛晉武都守李仲文、廣州守馮孝將兒女事。予稍為更而演之。至於杜守收拷柳生，亦如漢睢陽王收拷談生也。

嗟夫！人世之事，非人世所可盡。自非通人，恆以理相格耳！第云理之所必無，安知情之所必有邪！

萬曆戊戌秋清遠道人題

第一齣　標目

【蝶戀花】（末上）忙處拋人閒處住。百計思量，沒箇為歡處，白日消磨腸斷句，世間只有情難訴。玉茗堂前朝復暮，紅燭迎人，俊得江山助。但是相思莫相負，牡丹亭上三生路。

〔漢宮春〕杜寶黃堂，生麗娘小姐，愛踏春陽。感夢書生折柳，竟為情傷。寫真留記，葬梅花道院淒涼。

三年上，有夢梅柳子，於此赴高唐。果爾回生定配。赴臨安取試，寇起淮揚。正把杜公圍困，小姐驚惶。教柳郎行探，反遭疑激惱平章。風流況，施行正苦，報中狀元郎。

杜麗娘夢寫丹青記，陳教授說下梨花槍。
柳秀才偷載回生女，杜平章刁打狀元郎。

牡丹亭　第二齣　言懷

第二齣 言懷

【真珠簾】(生上) 河東舊族、柳氏名門最。論星宿，連張帶鬼。幾葉到寒儒，受雨打風吹。謾說書中能富貴，顏如玉，和黃金那裏。貧薄把人灰，且養就這浩然之氣。

〔鷓鴣天〕『刮盡鯨鼇背上霜，寒儒偏喜住炎方。憑依造三分福，紹接詩書一脈香。能鑿壁，會懸梁，偷天妙手繡文章。必須砍得蟾宮桂，始信人間玉斧長。』

小生姓柳，名夢梅，表字春卿。原係唐朝柳州司馬柳宗元之後，留家嶺南。父親朝散之職，母親縣君之封。

(歎介) 所恨俺自小孤單，生事微渺。喜的是今日成人長大，二十過頭，志慧聰明，三場得手。只恨未遭時勢，不免飢寒。賴有始祖柳州公，帶下郭橐駝，柳州衙舍，栽接花果。橐駝遺下一箇駝孫，也跟隨俺廣州種樹，相依過活。

雖然如此，不是男兒結果之場。每日情思昏昏，忽然半月之前，做下一夢。夢到一園，梅花樹下，立著箇美人，不長不短，如送如迎。說道：『柳生，柳生，遇俺方有姻緣之分，發跡之期。』因此改名夢梅，春卿為字。正是：『夢短夢長俱是夢，年來年去是何年！』
【九迴腸】〔解三酲〕雖則俺改名換字，俏魂兒未卜先知？定佳期盼煞蟾宮桂，柳夢梅不賣查梨。還則怕嫦娥妒色花頹氣，等的俺梅子酸心柳皺眉，渾如醉。〔三學士〕無螢鑿偏了鄰家壁，甚東牆不許人窺！有一日春光暗度黃金柳，雪意衝開了白玉梅。〔急三鎗〕那時節走馬在章臺內，絲兒翠、籠定箇百花魁。

雖然這般說，有箇朋友韓子才，是韓昌黎之後，寄居趙佗王臺。他雖是香火秀才，卻有些談吐，不免隨喜一會。

門前梅柳爛春暉，張窈窕　夢見君王覺後疑。王昌齡
心似百花開未得，曹　松　托身須上萬年枝。韓　偓

第三齣　訓女

【滿庭芳】（外扮杜太守上）西蜀名儒，南安太守，幾番廊廟江湖。紫袍金帶，功業未全無。華髮不堪回首。意抽簪萬里橋西，還只怕君恩未許，五馬欲踟躕。

『一生名宦守南安，莫作尋常太守看。到來只飲官中水，歸去惟看屋外山。』

自家南安太守杜寶，表字子充，乃唐朝杜子美之後。流落巴蜀，年過五旬。想廿歲登科，三年出守，清名惠政，播在人間。內有夫人甄氏，乃魏朝甄皇后嫡派。此家峨眉山，見世出賢德。夫人單生小女，才貌端妍，喚名麗娘，未議婚配。看起自來淑女，無不知書。今日政有餘閒，不免請出夫人，商議此事。正是：『中郎學富單傳女，伯道官貧更少兒。』

【遶地遊】（老旦上）甄妃洛浦，嫡派來西蜀，封大郡南安杜母。（見介）

（外）『老拜名邦無甚德，（老旦）妾沾封誥有何功！（外）春來閨閣閒多少？（老旦）也長向花陰課女工。』

（外）女工一事，想女兒精巧過人。看來古今賢淑，多曉詩書。他日嫁一書生，不枉了談吐相稱。你意下如何？

（老旦）但憑尊意。

【前腔】（貼持酒臺，隨旦上）嬌鶯欲語，眼見春如許。寸草心，怎報的春光一二！

（見介）爹娘萬福。

（外）孩兒，後面捧著酒餚，是何主意？

（旦跪介）今日春光明媚，爹娘寬坐後堂，女孩兒敢進三爵之觴，少效千春之祝。

（外笑介）生受你。

【玉山頹】（旦進酒介）爹娘萬福，女孩兒無限歡娛。坐黃堂百歲春光，進美酒一家天祿。祝萱花椿樹，雖則是子生遲暮，守得見這蟠桃熟。

（合）且提壺，花間竹下長引著鳳凰雛。

（外）春香，酌小姐一杯。

【前腔】吾家杜甫，為飄零老愧妻孥。（淚介）夫人，我比子美公公更可憐也。他還有念老夫詩句男兒，俺則有學母氏畫眉嬌女。

（老旦）相公休焦，儻然招得好女婿，與兒子一般。

（外笑介）可一般呢！

（老旦）『做門楣』古語，為甚的這叨叨絮絮，纔到中年路。

（合前）（外）女孩兒，把臺盞收去。（旦下介）

（外）叫春香。俺問你小姐終日繡房，有何生活？

（貼）繡房中則是繡。

（外）繡的許多？

（貼）繡了打綿？

（外）甚麼綿？

（貼）睡眠。

（外）好哩，好哩。夫人，你纔說『長向花陰課女工』，卻縱容女孩兒閒眠，是何家教？叫女孩兒。

（旦上）爹爹有何分付？

（外）適問春香，你白日眠睡，是何道理？假如刺繡餘閒，有架上圖書，可以寓目。他日到人家，知書知禮，父母光輝。這都是你娘親失教也。

【玉胞肚】宦囊清苦，也不曾詩書誤儒。你好些時做客為兒，有一日把家當戶。是為爹的疏散不兒拘，道的箇為娘是女模。

【前腔】（老旦）眼前兒女，俺為娘心蘇體劬。嬌養他掌上明珠，出落的人中美玉。兒呵，爹三分說話你自心模，難道八字梳頭做目呼。
【前腔】(旦)黃堂父母，倚嬌癡慣習如愚。剛打的鞦韆畫圖，閒榻著鴛鴦繡譜。從今後茶餘飯飽破工夫，玉鏡臺前插架書。
(老旦)雖然如此，要箇女先生講解纔好。
(外)不能勾。
【前腔】後堂公所，請先生則是黌門腐儒。(老旦)女兒呵，怎念遍的孔子詩書，但略識周公禮數。(合)不枉了銀娘玉姐只做箇紡塼兒，謝女班姬女校書。
(外)請先生不難，則要好生管待。
【尾聲】說與你夫人愛女休禽犢，館明師茶飯須清楚。你看俺治國齊家，也則是數卷書。

往年何事乞西賓？柳宗元　主領春風只在君。王建
伯道暮年無嗣子，苗發　女中誰是衛夫人？劉禹錫

第四齣　腐歎

【雙勸酒】（末扮老儒上）燈窗苦吟，寒酸撒吞。科場苦禁，蹉跎直恁！可憐辜負看書心。吼兒病年來迸侵。

『咳嗽病多疏酒盞，村童俸薄減廚煙。爭知天上無人住，弔下春愁鶴髮仙。』

自家南安府儒學生員陳最良，表字伯粹。祖父行醫。小子自幼習儒。十二歲進學，超增補廩。觀場一十五次。不幸前任宗師，考居劣等停廩。兼且兩年失館，衣食單薄。這些後生都順口叫我『陳絕糧』。因我醫、卜、地理，所事皆知，又改我表字伯粹做『百雜碎』。明年是第六箇旬頭，也不想甚的了。有箇祖父藥店，依然開張在此。『儒變醫，菜變虀』，這都不在話下。昨日聽見本府杜太守，有箇小姐，要請先生。好些奔競的鑽去。他可爲甚的？鄉邦好說話，一也；通關節，二也；撞太歲，三也；穿他門子管家，改竄文卷，四也；別處吹噓進身，五也；下頭官兒怕他，六也；家裏騙人，七也。爲此七事，沒了頭要去。他們都不知官衙可是好踏的！況且女學生一發難教，輕不得，重不得。儻然間體面有些不臻，啼不得，笑不得。似我老人家罷了。『正是有書遮老眼，不妨無藥散閒愁。』

（丑扮府學門子上）『天下秀才窮到底，學中門子老成精。』

（見介）陳齋長報喜。
（末）何喜？
（丑）杜太爺要請箇先生教小姐，掌教老爺開了十數名去都不中，說要老成的。我去老爺處稟上了你，太爺有請帖在此。
（末）『人之患在好爲人師』。
（丑）人之飯，有得你喫哩。
（末）這等便行。（行介）
【洞仙歌】（末）咱頭巾破了修，靴頭綻了兜。（丑）你坐老齋頭，衫襟沒了後頭。（合）硯水漱淨口，去承官飯溲，剔牙杖敢黃虀臭。
【前腔】（丑）咱門兒尋事頭，你齋長干罷休？（末）要我謝酬，知那裏留不留？（合）不論端陽九，但逢出府遊，則捻著衫兒袖。
（丑）望見府門了。

（丑）世間榮樂本逡巡，李商隱　（末）誰睬髭鬚白似銀？曹唐
（丑）風流太守容閒坐，朱慶餘　（合）便有無邊求福人。韓愈

第五齣　延師

【浣沙溪】（外引貼扮門子，丑扮皁隸上）山色好，訟庭稀。朝看飛鳥暮飛回。印床花落簾垂地。

『杜母高風不可攀，甘棠遊憩在南安。雖然爲政多陰德，尚少階前玉樹蘭。』我杜寶出守此間，只有夫人一女。尋箇老儒教訓他。昨日府學開送一名廩生陳最良。年可六旬，從來飽學。一來可以教授小女，二來可以陪伴老夫。今日放了衙參，分付安排禮酒，叫門子伺候。（眾應介）

【前腔】（末儒巾藍衫上）須抖擻，要拳奇。衣冠欠整老而衰。養浩然分庭還抗禮。

（丑稟介）陳齋長到門。

（外）就請衙內相見。

（丑唱門介）南安府學生員進。（下）

（末跪，起揖，又跪介）生員陳最良稟拜。（拜介）

（末）『講學開書院，

（外）崇儒引席珍。

（末）獻酬樽俎列，

（外）賓主位班陳。』叫左右，陳齊長在此清敘，著門役散回，家丁伺候。

（眾應下）（淨扮家童上）

（外）久聞先生飽學。敢問尊年有幾，祖上可也習儒？

（末）容稟。

【鎖南枝】將耳順，望古稀，儒冠誤人霜鬢絲。（外）近來？（末）君子要知醫，懸壺舊家世。（外）原來世醫。還有他長？（末）凡雜作，可試為；但諸家，略通的。（外）這等一發有用。

【前腔】聞名久，識面初，果然大邦生大儒。（末）不敢。（外）有女頗知書，先生長訓詁。（末）當得。則怕做不得小姐之師。（外）那女學士，你做的班大姑。今日選良辰，叫他拜師傅。

（外）院子，敲雲板，請小姐出來。

【前腔】（旦引貼上）添眉翠，搖佩珠，繡屏中生成士女圖。蓮步鯉庭趨，儒門舊家數。

（貼）先生來了怎好？

（旦）那少不得去。丫頭，那賢達女，都是些古鏡模。你便略知書，也做好奴僕。

（淨報介）小姐到。

（見介）（外）我兒過來。『玉不琢，不成器；人不學，不知道。』今日吉辰，來拜了先生。

（內鼓吹介）（旦拜）學生自媿蒲柳之姿，敢煩桃李之教。

（末）愚老恭承捧珠之愛，謬加琢玉之功。

（外）春香丫頭，向陳師父叩頭。著他伴讀。（貼叩頭介）

（末）敢問小姐所讀何書？

（外）男、女《四書》，他都成誦了。則看些經旨罷。《易經》以道陰陽，義理深奧；《書》以道政事，與婦女沒相干；《春秋》、《禮記》，又是孤經；則《詩經》開首便是后妃之德，四箇字兒順口，且是學生家傳，習《詩》罷。其餘書史儘有，則可惜他是箇女兒。

【前腔】我年將半，性喜書，牙籤插架三萬餘。（歎介）我伯道恐無兒，中郎有誰付？

先生，他要看的書儘看。有不臻的所在，打丫頭。

（貼）哎喲！

（外）冠兒下，他做箇女秘書。小梅香，要防護。
（末）謹領。
（外）春香伴小姐進衙，我陪先生酒去。
（旦拜介）『酒是先生饌，女爲君子儒。』（下）
（外）請先生後花園飲酒。

（外）門館無私白日閒，薛　能　（末）百年粗糲腐儒餐。杜　甫
（外）左家弄玉惟嬌女，柳宗元　（合）花裏尋師到杏壇。錢　起

第六齣　悵眺

【番卜算】（丑扮韓秀才上）家世大唐年，寄籍潮陽縣。越王臺上海連天，可是鵬程便？

『榕樹梢頭訪古臺，下看甲子海門開，越王歌舞今何在？時有鷓鴣飛去來。』自家韓子才。俺公公唐朝韓退之，爲上了《破佛骨表》，貶落潮州。一出門藍關雪阻，馬不能前。先祖心裏暗暗道，第一程采頭罷了。正苦中間，忽然有箇湘子姪兒，乃下八洞神仙，藍縷相見。俺退之公公一發心裏不快。呵融凍筆，題一首詩在藍關草驛之上。末二句單指著湘子說道：『知汝遠來應有意，好收吾骨瘴江邊。』湘子袖了這詩，長笑一聲，騰空而去。果然後來退之公公潮州瘴死，舉目無親。那湘子恰在雲端看見，想起前詩，按下雲頭，收其骨殖。到得衙中，四顧無人，單單則有湘子原妻一箇在衙。四目相視，把湘子一點凡心頓起。當時生下一支，留在水潮，傳了宗祀。小生乃其嫡派苗裔也。因亂流來廣城。官府念是先賢之後，表請敕封小生爲昌黎祠香火秀才。寄居趙佗王臺子之上。正是：『雖然乞相寒儒，卻是仙風道骨。』呀，早一位朋友上來。誰也？

【前腔】（生上）經史腹便便，晝夢人還倦。欲尋高聳看雲煙，海色光平面。

（相見介）（丑）是柳春卿，甚風兒吹的老兄來？

（生）偶爾孤游上此臺。

（丑）這臺上風光儘可矣。

（生）則無奈登臨不快哉。

（丑）小弟此間受用也。

（生）小弟想起來，到是不讀書的人受用。

（丑）誰？

（生）趙佗王便是。

【鎖寒窗】祖龍飛、鹿走中原，尉佗呵，他倚定著摩崖半壁天。稱孤道寡，是他英雄本然。白占了江山，猛起些宮殿。似吾儕讀盡萬卷書，可有半塊土麼？那半部上山河不見。（合）由天，那攀今弔古也徒然，荒臺古樹寒煙。

（丑）小弟看兄氣象言談，似有無聊之歎。先祖昌黎公有云：『不患有司之不明，只患文章之不精；不患有司之不公，只患經書之不通。』老兄，還則怕工夫有不到處。

（生）這話休提。比如我公公柳宗元，與你公公韓退之，他都是飽學才子，卻也時運不濟。你公公錯題了《佛骨表》，貶職潮陽。我公公則爲在朝陽殿與王叔文丞相下碁子，驚了聖駕，直貶做柳州司馬。都是邊海煙瘴地方。那時兩公一路而來，旅舍之中，兩箇挑燈細論。你公公說道：『宗元，宗元，我和你兩人文章，三六九比勢：我有《王泥水傳》，你便有《梓人傳》；我有《毛中書傳》，你便有《郭駝子傳》；我有《祭鱷魚文》，你便有《捕蛇者說》。這也罷了。則我《進平淮西碑》，取奉取奉朝廷，你卻又進箇平淮西的雅。一篇一篇，你都放俺不過。恰如今貶竄煙方，也合著一處。豈非時乎，運乎，命乎！』韓兄，這長遠的事休提了。假如俺和你論如常，難道便應這等寒落。因何俺公公造下一篇《乞巧文》，到俺二十八代元孫，再不會乞得一些巧來？便是你公公立意做下《送窮文》，到老兄二十幾輩了，還不曾送的箇窮去？算來都則爲時運二字所虧。

（丑）是也。春卿兄，

【前腔】你費家資製買書田，怎知他賣向明時不直錢。

雖然如此，你看趙佗王當時，也是箇秀才陸賈，拜爲奉使中大夫到此。趙佗王多少尊重他。他歸朝燕，黃金累千。那時漢高皇厭見讀書之人，但有箇帶儒巾的，都拏來溺尿。這陸賈秀才，端然帶了四方巾，深衣大擺，去見漢高皇。那高皇望見，這又是箇掉尿鱉子的來了。便迎著陸賈罵道：『你老子用馬上得天下，何用詩書？』那陸生有趣，不多應他，只回他一句：『陛下馬上取天下，能以馬上治之乎？』漢高皇聽了，啞然一笑，說道：『便依你說。不管什麼文字，念了與穿人聽之。』陸大夫不慌不忙，袖裏出一卷文字，恰是平日燈窗下纂集的《新語》一十三篇，高聲奏上。那高皇纔聽了一篇，龍顏大喜。後來一篇一篇，都喝采稱善。立封他做箇關內侯。那一日好不氣象！休道漢高皇，便是那兩班文武，見者皆呼萬歲。

一言擲地，萬歲喧天。

（生歎介）則俺連篇累牘無人見。

（合前）（丑）再問春卿，在家何以爲生？

（生）寄食園公。

（丑）依小弟說，不如干謁些須，可圖前進。

（生）你不知，今人少趣哩。

（丑）老兄可知？有箇欽差識寶中郎苗老先生，到是箇知趣人。今秋任滿，例於香山嶴多寶寺中賽寶。那時一往何如？

（生）領教。

應念愁中恨索居，段成式　青雲器業俺全疏。李商隱
越王自指高臺笑，皮日休　劉項原來不讀書。章碣

牡丹亭　第七齣　閨塾

第七齣 閨塾

（末上）『吟餘改抹前春句，飯後尋思午晌茶。蟻上案頭沿硯水，蜂穿窗眼咂瓶花。』我陳最良杜衙設帳，杜小姐家傳《毛詩》。極承老夫人管待。今日早膳已過，我且把毛註潛玩一篇。（念介）『關關雎鳩，在河之洲。窈窕淑女，君子好逑。』好者好也，逑者求也。（看介）這早晚了，還不見女學生進館。卻也嬌養的凶。待我敲三聲雲板。（敲雲板介）春香，請小姐解書。

【遶地遊】（旦引貼捧書上）素妝纔罷，緩步書堂下。對淨几明窗瀟灑。（貼）《昔氏賢文》，把人禁殺，恁時節則好教鸚哥喚茶。（見介）（旦）先生萬福。（貼）先生少怪。（末）凡爲女子，雞初鳴，咸盥、漱、櫛、笄，問安於父母。日出之後，各供其事。如今女學生以讀書事，須要早起。

（旦）以後不敢了。
（貼）知道了。今夜不睡，三更時分，請先生上書。
（末）昨日上的《毛詩》，可溫習？
（旦）溫習了。則待講解。
（末）你念來。
（旦念書介）『關關雎鳩，在河之洲。窈窕淑女，君子好逑。』
（末）聽講。『關關雎鳩』，雎鳩是箇鳥，關關鳥聲也。
（貼）怎樣聲兒？
（末作鳩聲）（貼學鳩聲諢介）
（末）此鳥性喜幽靜，在河之洲。
（貼）是了。不是昨日是前日，不是今年是去年，俺衙內關著箇斑鳩兒，被小姐放去，一去去在何知州家。
（末）胡說，這是興。
（貼）興箇甚的那？
（末）興者起也。起那下頭窈窕淑女，是幽閒女子，有那等君子好好的來求他。
（貼）爲甚好好的求他？

（末）多嘴哩。

（旦）師父，依注解書，學生自會。但把《詩經》大意，敷演一番。

【掉角兒】（末）論《六經》，《詩經》最葩，閨門內許多風雅：有指證，姜嫄產哇；不嫉妒，后妃賢達。更有那詠雞鳴，傷燕羽，泣江皐，思漢廣，洗淨鉛華。有風有化，宜室宜家。

（旦）這經文偌多？

（末）《詩》三百，一言以蔽之，沒多些，只『無邪』兩字，付與兒家。書講了。春香取文房四寶來模字。

（貼下取上）紙、墨、筆、硯在此。

（末）這甚麼墨？

（旦）丫頭錯拏了，這是螺子黛，畫眉的。

（末）這甚麼筆？

（旦作笑介）這便是畫眉細筆。

（末）俺從不曾見。拏去，拏去！這是甚麼紙？

（旦）薛濤箋。

（末）拏去，拏去。只拏那蔡倫造的來。這是甚麼硯？是一箇是兩箇？

（旦）鴛鴦硯。

（末）許多眼？

（旦）淚眼。

（末）哭什麼子？一發換了來。

（貼背介）好箇標老兒！待換去。

（下換上）這可好？

（末看介）著。

（旦）學生自會臨書。春香還勞把筆。

（末）看你臨。（旦寫字介）

（末看驚介）我從不曾見這樣好字。這甚麼格？

（旦）是衛夫人傳下美女簪花之格。

（貼）待俺寫箇奴婢學夫人。

（旦）還早哩。

（貼）先生，學生領出恭牌。（下）

（旦）敢問師母尊年？

（末）目下平頭六十。

（旦）學生待繡對鞋兒上壽，請箇樣兒。

（末）生受了。依《孟子》上樣兒，做箇『不知足而爲屨』罷了。

（旦）還不見春香來。

（末）要喚他麼？

（末叫三度介）（貼上）害淋的。

（旦作惱介）劣丫頭那裏來？

（貼笑介）溺尿去來。原來有座大花園。花明柳綠，好耍子哩。

（末）哎也，不攻書，花園去。待俺取荊條來。

（貼）荊條做甚麼？

【前腔】女郎行、那裏應文科判衙？止不過識字兒書塗嫩鴉。（起介）

（末）古人讀書，有囊螢的，趁月亮的。

（貼）待映月，耀蟾蜍眼花；待囊螢，把蟲蟻兒活支煞。

（末）懸梁、刺股呢？

（貼）比似你懸了梁，損頭髮；刺了股，添疤痆。有甚光華！

（內叫賣花介）（貼）小姐，你聽一聲聲賣花，把讀書聲差。

（末）又引逗小姐哩。待俺當眞打一下。（末做打介）

（貼閃介）你待打、打這哇哇，桃李門牆，嶮把負荆人諕煞。
（貼搶荊條投地介）（旦）死丫頭，唐突了師父，快跪下。
（貼跪介）（旦）師父看他初犯，容學生責認一遭兒。
【前腔】手不許把鞦韆索拏，腳不許把花園路踏。
（貼）則瞧罷。
（旦）還嘴，這招風嘴，把香頭來綽疤；招花眼，把繡鍼兒簽瞎。
（貼）瞎了中甚用？
（旦）則要你守硯臺，跟書案，伴『詩云』，陪『子曰』，沒的爭差。
（貼）爭差些罷。
（旦挦貼髮介）則問你幾絲兒頭髮，幾條背花？敢也怕些些夫人堂上那些家法。
（貼）再不敢了。
（旦）可知道？
（末）也罷，鬆這一遭兒。起來。（貼起介）
【尾聲】（末）女弟子則爭箇不求聞達，和男學生一般兒教法。

你們工課完了，方可徜。咱和公相陪話去。
（合）怎辜負的這一弄明窗新絳紗。（末下）
（貼作背後指末罵介）村老牛，癡老狗，一些趣也不知。
（旦作扯介）死丫頭，『一日爲師，終身爲父』，他打不的你？俺且問你那花園在那裏？
（貼做不說）（旦做笑問介）（貼指介）兀那不是！
（旦）可有什麼景致？
（貼）景致麼，有亭臺六七座，鞦韆一兩架。遶的流觴曲水，面著太湖山石。名花異草，委實華麗。
（旦）原來有這等一箇所在，且回衙去。

（旦）也曾飛絮謝家庭，李山甫　（貼）欲化西園蝶未成。張泌
（旦）無限春愁莫相問，趙嘏　（合）綠陰終借暫時行。張祜

第八齣　勸　農

【夜遊朝】（外引淨扮皁隸，貼扮門子同上）何處行春開五馬？采邠風物候穠華。竹宇聞鳩，朱轓引鹿。且留憩甘棠之下。

〔古調笑〕『時節時節，過了春三二月。乍晴膏雨煙濃，太守春深勸農。農重農重，緩理征徭詞訟。』

俺南安府在江廣之間，春事頗早。想俺爲太守的，深居府堂，那遠鄉僻塢，有拋荒遊懶的，何由得知？昨已分付該縣置買花酒，待本府親自勸農。想已齊備。

（丑扮縣吏上）『承行無令史，帶辦有農民。』稟爺爺，勸農花酒，俱已齊備。

（外）分付起行。近鄉之處，不許多人囉唣。（眾應，喝道起行介）

（外）正是：『爲乘陽氣行春令，不是閒遊玩物華。』（下）

【前腔】（生、末扮父老上）白髮年來公事寡。聽兒童笑語喧譁。太守巡遊，春風滿馬。敢借著這務農宣化？

俺等乃是南安府清樂鄉中父老。恭喜本府杜太爺，管治三年，慈祥端正，弊絕風清。凡各村鄉約保甲，義倉社學，無不舉行。極是地方有福。現今親自各鄉勸農，不免官亭伺候。那祗候們扛擡花酒到來也。

【普賢歌】（丑、老旦扮公人，扛酒提花上）俺天生的快手賊無過。衙舍裏消消沒的睃，扛酒去前坡。（做跌介）幾乎破了哥，摔破了花花你賴不的我。

（生、末）列位祇候哥到來。

（老旦、丑）便是這酒埕子漏了，則怕酒少，煩老官兒遮蓋些。

（生、末）不妨。且擡過一邊，村務裏嗑酒去。（老旦、丑下）

（生、末）地方端正坐椅，太爺到來。（虛下）

【排歌】（外引眾上）紅杏深花，菖蒲淺芽。春疇漸煖年華。竹籬茅舍酒旗兒叉，雨過燈煙一縷斜。（生、末接介）（合）提壺叫，布穀喳。行看幾日免排衙。休頭踏，省喧譁，怕驚他林外野人家。

（皁稾介）稾爺，到官亭。

（生、末見介）（外）眾父老，此爲何鄉何都？

（生末）南安縣第一都清樂鄉。

（外）待我一觀。

（望介）（外）美哉此鄉，眞箇清而可樂也。

〔長相思〕你看山也清，水也清，人在山陰道上行。春雲處處生。

（生、末）正是。官也清，吏也清，村民無事到公庭。農歌三兩聲。

（外）父老，知我春遊之意乎？

【八聲甘州】平原麥灑，翠波搖翦翦，綠疇如畫。如酥嫩雨，遶塍春色蘦苴。趁江南土疏田脈佳。怕人户們抛荒力不加。還怕，有那無頭官事，誤了你好生涯。

（生、末）以前晝有公差，夜有盜警。老爺到後呵，

【前腔】千村轉歲華。愚父老香盆，兒童竹馬。陽春有腳，經過百姓人家。月明無犬吠黃花，雨過有人耕綠野。真箇，村村雨露桑麻。

（內歌《泥滑喇》介）（外）前村田歌可聽。

【孝白歌】（淨扮田夫上）泥滑喇，腳支沙，短耙長犁滑律的拏。夜雨撒菰麻，天晴出糞渣，香風醃鮓。

（外）歌的好。『夜雨撒菰麻，天晴出糞渣，香風醃鮓』，是說那糞臭。父老呵，他卻不知這糞是香的。有詩爲證：『焚香列鼎奉君王，饌玉炊金飽即妨。直到飢時聞飯過，龍涎不及糞渣香。』與他插花賞酒。

（淨插花賞酒，笑介）好老爺，好酒。

（合）官裏醉流霞，風前笑插花，把農夫們俊煞。（下）

（門子稟介）一箇小廝唱的來也。

【前腔】（丑扮牧童拏笛上）春鞭打，笛兒吵，倒牛背斜陽閃暮鴉。（笛指門子介）他一樣小腰揑，一般雙髻髽，能騎大馬。

（外）歌的好。怎生指著門子唱『一樣小腰揑，一般雙髻髽，能騎大馬』？父老，他怎知騎牛的到穩。有時爲證：『常羨人間萬戶侯，只知騎馬勝騎牛；今朝馬上看山色，爭似騎牛得自由。』賞他酒，插花去。

（丑插花飲酒介）（合）官裏醉流霞，風前笑插花，村童們俊煞。（下）

（門子稟介）一對婦人歌的來也。

【前腔】（旦、老旦采桑上）那桑陰下，柳簍兒搓，順手腰身翦一丫。呀，什麼官員在此？俺羅敷自有家，便秋胡怎認他，提金下馬？

（外）歌的好。說與他，不是魯國秋胡，不是秦家使君，是本府太爺勸農。見此勤劬采桑，可敬也。有詩爲證：『一般桃李聽笙歌，此地桑陰十畝多。不比世間閒草木，絲絲葉葉是綾羅。』領酒，插花去。

（二旦背插花，飲酒介）（合）官裏醉流霞，風前笑插花，采桑人俊煞。（下）

（門子稟介）又一對婦人唱的來也。

【前腔】（老旦、丑持筐采茶上）乘穀雨，采新茶，一旗半槍金縷芽。呀，什麼官員在此？學士雪炊他，書生困想他，竹煙新瓦。

（外）歌的好。說與他，不是郵亭學士，不是陽羨書生，是本府太爺勸農。看你婦女們采桑采茶，勝如采花。有詩爲證：『只因天上少茶星，地下先開百草精。閒煞女郎貪鬥草，風光不似鬥清。』領了酒，插花去。

（老旦、丑插花，飲酒介）（合）官裏醉流霞，風前笑插花，采茶人俊煞。（下）

（生，末跪下）稟老爺，眾父老茶飯伺候。

（外）不消。餘花餘酒，父老們領去，給散小鄉村，也見官府勸農之意。叫祗候們起馬。

（生，末做攀留不許介）（起叫介）村中男婦領了花賞了酒的，都來送太爺。

【清江引】（前各眾插花上）黃堂春遊韻瀟灑，身騎五花馬。村務裏有光華，花酒藏風雅。男女們請了，你德政碑隨路打。（下）

閭閻繚繞接山巔，杜甫　春草青青萬頃田。張繼
日暮不辭停五馬，羊士諤　桃花紅近竹林邊。薛能

第九齣 肅苑

【一江風】（貼上）小春香，一種在人奴上，畫閣裏從嬌養。侍娘行，弄粉調朱，貼翠拈花，慣向妝臺傍。陪他理繡床，陪他燒夜香。小苗條喫的是夫人杖。

『花面丫頭十三四，春來綽約省人事。終須等著箇助情花，處處相隨步步覷。』

俺春香日夜跟隨小姐。看他名爲國色，實守家聲。嫩臉嬌羞，老成尊重。只因老爺延師教授，讀到《毛詩》第一章：『窈窕淑女，君子好逑。』悄然廢書而歎曰：『聖人之情，盡見於此矣。今古同懷，豈不然乎？』春香因而進言：『小姐讀書困悶，怎生消遣則箇？』小姐一會沈吟，逡巡而起。便問道：『春香，你教我怎生消遣那？』俺便應道：『小姐，也沒箇甚法兒，後花園走走罷。』小姐說：『死丫頭，老爺聞知怎好？』春香應說：『老爺下鄉，有幾日了。』小姐低回不語者久之，方纔取過曆書選看。說明日不佳，後日欠好，除大後日，是箇小遊神吉期。預喚花郎，掃清花徑。我一時應了，則怕老夫人知道。卻也由他。且自叫那小花郎分付去。呀，迴廊那廂，陳師父來了。正是：『年光到處皆堪賞，說與癡翁總不知。』

【前腔】（末上）老書堂，暫借扶風帳。日暖鉤簾蕩。呀，那迴廊，小立雙鬟，似語無言，近看如何相？是春香，問你恩官在那廂？夫人在那廂？女書生怎不把書來上？

（貼）原來是陳師父。俺小姐這幾日沒工夫上書。

（末）為甚？

（貼）聽呵，

【前腔】甚年光！忒煞通明相，所事關情況。

（末）有甚麼情況？

（貼）老師父還不知，老爺怪你哩。

（末）何事？

（貼）說你講《毛詩》，毛的忒精了。小姐呵，為詩章，講動情腸。

（末）則講了箇『關關雎鳩』。

（貼）故此了。小姐說，關了的雎鳩，尚然有洲渚之興，可以人而不如鳥乎！書要埋頭，那景致則擡頭望。如今分付，明日遊後花園。

（末）為甚去遊？

（貼）他平白地為春傷。因春去的忙，後花園要把春愁漾。

（末）一發不該了。

【前腔】論娘行，出入人觀望，步起須屏障。

春香，你師父靠天也六十來歲，從不曉得傷箇春，從不曾遊箇花園。

（貼）爲甚？

（末）你不知，孟夫子說的好，聖人千言萬語，則要人『收其放心』。但如常，著甚春傷？要甚春遊？你放春歸，怎把心兒放？小姐既不上書，我且告歸幾日。春香呵，你尋常到講堂，時常向瑣窗，怕燕泥香點涴在琴書上。我去了。『繡戶女郎閒鬥草，下帷老子不窺園。』（下）

（貼弔場）且喜陳師父去了。叫花郎在麼？（叫介）花郎！

【普賢歌】（丑扮小花郎醉上）一生花裏小隨衙，偷去街頭學賣花。令史們將我揸，祇候們將我搭，狠燒刀、險把我嫩盤腸生灌殺。

（見介）春姐在此。

（貼）好打。私出衙前騙酒，這幾日菜也不送。

（丑）有菜夫。

（貼）水也不梘。

（丑）有水夫。

（貼）花也不送。
（丑）每早送花，夫人一分，小姐一分。
（貼）還有一分哩？
（丑）這該打。
（貼）你叫什麼名字？
（丑）花郎。
（貼）你把花郎的意思，謅箇曲兒俺聽。謅的好，饒打。
（丑）使得。
【梨花兒】小花郎看盡了花成浪，則春姐花沁的水洸浪。和你這日高頭偷瞓瞓，嗏，好花枝乾鱉了作麼朗！
（貼）待俺還你也哥。
【前腔】小花郎做盡花兒浪，小郎當夾細的大當郎？
（丑）哎喲，
（貼）俺待到老爺回時說一浪，
（采丑髮介）嗏，敢幾箇小榔頭把你分的朗。
（丑倒介）罷了，姐姐為甚事光降小園？

（貼）小姐大後日來瞧花園，好些掃除花徑。

（丑）知道了。

東郊風物正薰馨，崔日用　應喜家山接女星。陳陶

莫遣兒童觸紅粉，韋應物　便教鶯語太丁寧。杜甫

牡丹亭　第十齣　驚夢

第十齣 驚夢

【遶地遊】(旦上)夢回鶯囀，亂煞年光遍。人立小庭深院。(貼)炷盡沉煙，拋殘繡線，恁今春關情似去年？

〔烏夜啼〕『(旦)曉來望斷梅關，宿妝殘。(貼)你側著宜春髻子恰憑闌。(旦)翦不斷，理還亂，悶無端。(貼)已分付催花鶯燕借春看。』

(旦)春香，可曾叫人掃除花徑？

(貼)分付了。

(旦)取鏡臺衣服來。

(貼取鏡臺衣服上)『雲髻罷梳還對鏡，羅衣欲換更添香。』鏡臺衣服在此。

【步步嬌】(旦)裊晴絲吹來閒庭院，搖漾春如線。停半晌、整花鈿。沒揣菱花，偷人半面，迤逗的彩雲偏。(行介)步香閨怎便把全身現！

〔貼〕今日穿插的好。

【醉扶歸】(旦)你道翠生生出落的裙衫兒茜，豔晶晶花簪八寶填，可知我常一生兒愛好是天然。恰三春好處無人見。不提防沉魚落雁鳥驚諠，則怕的羞花閉月花愁顫。

（貼）早茶時了，請行。

（行介）你看：『畫廊金粉半零星，池館蒼苔一片青。踏草怕泥新繡襪，惜花疼煞小金鈴。』

（旦）不到園林，怎知春色如許！

【皁羅袍】原來奼紫嫣紅開遍，似這般都付與斷井頹垣。良辰美景奈何天，賞心樂事誰家院！恁般景致，我老爺和奶奶再不提起。（合）朝飛暮捲，雲霞翠軒，雨絲風片，煙波畫船——錦屏人忒看的這韶光賤！

（貼）是花都放了，那牡丹還早。

【好姐姐】（旦）遍青山啼紅了杜鵑，荼蘼外煙絲醉輭。春香呵，牡丹雖好，他春歸怎占的先！

（貼）成對兒鶯燕呵。

（合）閒凝眄，生生燕語明如翦，嚦嚦鶯歌溜的圓。

（旦）去罷。

（貼）這園子委是觀之不足也。

（旦）提他怎的！（行介）

【隔尾】觀之不足由他繾，便賞遍了十二亭臺是枉然。到不如興盡回家閒過遣。

（作到介）（貼）『開我西閣門，展我東閣床。瓶插映山紫，爐添沉水香。』小姐，你歇息片時，俺瞧老夫人去也。（下）

（旦歎介）『默地遊春轉，小試宜春面。』春呵，得和你兩留連，春去如何遣？咳，恁般天氣，好困人也。春香那裏？

（作左右瞧介）（又低首沉吟介）天呵，春色惱人，信有之乎！常觀詩詞樂府，古之女子，因春感情，遇秋成恨，誠不謬矣。吾今年已二八，未逢折桂之夫；忽慕春情，怎得蟾宮之客？昔日韓夫人得遇于郎，張生偶逢崔氏，曾有《題紅記》、《崔徽傳》二書。此佳人才子，前以密約偷期，後皆得成秦晉。

（長嘆介）吾生於宦族，長在名門。年已及笄，不得早成佳配，誠爲虛度青春，光陰如過隙耳。（淚介）可惜妾身顏色如花，豈料命如一葉乎！

【山坡羊】沒亂裏春情難遣，驀地裏懷人幽怨。則為俺生小嬋娟，揀名門一例、一例裏神仙眷。甚良緣，把青春抛的遠！俺的睡情誰見？則索因循靦腆。想幽夢誰邊，和春光暗流轉？遷延，這衷懷那處言！淹煎，潑殘生，除問天！

身子困乏了，且自隱几而眠。（睡介）（夢生介）

（生持柳枝上）『鶯逢日暖歌聲滑，人遇風情笑口開。一徑落花隨水入，今朝阮肇到天台。』小生順路兒跟著杜小姐回來，怎生不見？

（回看介）呀，小姐，小姐！（旦作驚起介）（相見介）

（生）小生那一處不尋訪小姐來，卻在這裏！

（旦作斜視不語介）（生）恰好花園內，折取垂柳半枝。姐姐，你既淹通書史，可作詩以賞此柳枝乎？

（旦作驚喜，欲言又止介）（背想）這生素昧平生，何因到此？

（生笑介）小姐，咱愛殺你哩！

【山桃紅】則為你如花美眷，似水流年，是答兒閒尋遍。在幽閨自憐。小姐，和你那答兒講話去。

（旦作含笑不行）（生作牽衣介）（旦低問）那邊去？

（生）轉過這芍藥欄前，緊靠著湖山石邊。

（旦低問）秀才，去怎的？

（生低答）和你把領扣鬆，衣帶寬，袖梢兒搵著牙兒苫也，則待你忍耐溫存一晌眠。

（旦作羞）（生前抱）（旦推介）

（合）是那處曾相見，相看儼然，早難道這好處相逢無一言？（生強抱旦下）

（末扮花神束髮冠，紅衣插花上）『催花御史惜花天，檢點春工又一年。蘸客傷心紅雨下，勾人懸夢綵雲邊。』吾乃掌管南安府後花園花神是也。因杜知府小姐麗娘，與柳夢梅秀才，後日有姻緣之分。杜小姐游春感傷，致使柳秀才入夢。咱花神專掌惜玉憐香，竟來保護他，要他雲雨十分歡幸也。

【鮑老催】（末）單則是混陽蒸變，看他似蟲兒般蠢動把風情搧。一般兒嬌凝翠綻魂兒顫。這是景上緣，想內成，因中見。呀，淫邪展污了花臺殿。咱待拈片落花兒驚醒他。（向鬼門丟花介）他夢酣春透了怎留連？拈花閃碎的紅如片。

秀才纔到的半夢兒；夢畢之時，好送杜小姐仍歸香閣。吾神去也。（下）

【山桃紅】（生、旦攜手上）（生）這一霎天留人便，草藉花眠。小姐可好？（旦低頭介）

（生）則把雲鬟點，紅鬆翠偏。小姐休忘了呵，見了你緊相偎，慢廝連，恨不得肉兒般團成片也，逗的箇日下胭脂雨上鮮。

（旦）秀才，你可去呵？

（合）是那處曾相見，相看儼然，早難道這好處相逢無一言？

（生）姐姐，你身子乏了，將息，將息。

（送旦依前作睡介）（輕拍旦介）姐姐，俺去了。

（作回顧介）姐姐，你可十分將息我再來瞧你那。『行來春色三分雨，睡去巫山一片雲。』（下）

（旦作驚醒，低叫介）秀才，秀才，你去了也？（又作癡睡介）

（老旦上）『夫婿坐黃堂，嬌娃立繡窗。怪他裙衩上，花鳥繡雙雙。』孩兒，孩兒，你爲甚瞌睡在此？

（旦作醒，叫秀才介）咳也。

（老旦）孩兒怎的來？

（旦作驚起介）奶奶到此！

（老旦）我兒，何不做些鍼指，或觀玩書史，舒展情懷？因何晝寢於此？

（旦）孩兒適花園中閒玩，忽値春暄惱人，故此回房。無可消遣，不覺困倦少息。有失迎接，望母親恕兒之罪。

（老旦）孩兒，這後花園中冷靜，少去閒行。

（旦）領母親嚴命。

（老旦）孩兒，學堂看書去。

（旦）先生不在，且自消停。

（老旦嘆介）女孩兒長成，自有許多情態，且自由他。正是：『宛轉隨兒女，辛勤做老娘。』（下）

（旦長嘆介）（看老旦下介）哎也，天那，今日杜麗娘有些僥倖也。偶到後花園中，百花開遍，睹景傷情。沒興而回，晝眠香閣。忽見一生，年可弱冠，丰姿俊妍。於園中折得柳絲一枝，笑對奴家說：『姐姐既淹通書史，何不將柳枝題賞一篇？』那時待要應他一聲，心中自忖，素昧平生，不知名姓，何得輕與交言。正如此想間，只見那生向前說了幾句傷心話兒，將奴摟抱去牡丹亭畔，芍藥欄邊，共成雲雨之歡。兩情和合，眞箇是千般愛惜，萬種溫存。歡畢之時，又送我睡眠，幾聲『將息』。正待自送那生出門，忽值母親來到，喚醒將來。我一身冷汗，乃是南柯一夢。忙身參禮母親，又被母親絮了許多閒話。奴家口雖無言答應，心內思想夢中之事，何曾放懷。行坐不寧，自覺如有所失。娘呵，你教我學堂看書去，知他看那一種書消悶也。（作掩淚介）

【綿搭絮】雨香雲片，纔到夢兒邊。無奈高堂，喚醒紗窗睡不便。潑新鮮冷汗粘煎，閃的俺心悠步嚲，意軟鬟偏。不爭多費盡神情，坐起誰忺？則待去眠。

（貼上）『晚妝銷粉印，春潤費香篝。』小姐，薰了被窩睡罷。

【尾聲】（旦）因春心遊賞倦，也不索香薰繡被眠。天呵，有心情那夢兒還去不遠。

春望逍遙出畫堂，張說　間梅遮柳不勝芳。羅隱

可知劉阮逢人處？許渾　回首東風一斷腸。韋莊

第十一齣 慈戒

（老旦上）『昨日勝今日，今年老去年。可憐小兒女，長自繡窗前。』幾日不到女孩兒房中，午晌去瞧他，只見情思無聊，獨眠香閣。問知他在後花園回，身子困倦。他年幼不知：凡少年女子，最不宜豔妝戲游空冷無人之處。這都是春香賤材逗引他。春香那裏？

（貼上）『閨中圖一睡，堂上有千呼。』奶奶，怎夜分時節，還未安寢？

（老旦）小姐在那裏？

（貼）陪過夫人到香閣中，自言自語，淹淹春睡去了。敢在做夢也。

（老旦）你這賤材，引逗小姐後花園去。儻有疏虞，怎生是了！

（貼）以後再不敢了。

（老旦）聽俺分付：

【征胡兵】女孩兒只合香閨坐，拈花翦朵。問繡窗鍼指如何？逗工夫一線多。更晝長閒不過，琴書外自有好騰那。去花園怎麼？

（貼）花園好景。

（老旦）丫頭，不說你不知：

【前腔】後花園窣靜無邊闊，亭臺半倒落。便我中年人要去時節，尚兀自裏打箇磨陀。女兒家甚做作？星辰高猶自可。

（貼）不高怎的？

（老旦唱）廝撞著，有甚不著科，教娘怎麼？小姐不曾晚餐，早飯要早。你說與他。

（老）風雨林中有鬼神，蘇廣文　（貼）寂寥未是采花人。鄭　谷

（老）素娥畢竟難防備，段成式　（貼）似有微詞動絳脣。唐彥謙

第十二齣 尋夢

【夜遊宮】（貼上）膩臉朝雲罷盥，倒犀簪斜插雙鬟。侍香閨起早，睡意闌珊：衣桁前，妝閣畔，畫屏間。

伏侍千金小姐，丫鬟一位春香。請過貓兒師父，不許老鼠放光。僥倖《毛詩》感動，小姐吉日時良。拖帶春香遣悶，後花園裏遊芳。誰知小姐瞌睡，恰遇著夫人問當，絮了小姐一會，要與春香一場。春香無言知罪，以後勸止娘行，夫人還是不放，少不得發咒禁當。

（內介）春香姐，發箇甚咒來？

（貼）敢再跟娘胡撞，教春香即世裏不見兒郎。雖然一時抵對，烏鴉管的鳳凰？一夜小姐焦躁，起來促水朝妝。由他自言自語，日高花影紗窗。

（內介）快請小姐早膳。

（貼）『報道官廚飯熟，且去傳遞茶湯。』（下）

【月兒高】（旦上）幾曲屏山展，殘眉黛深淺。為甚衾兒裏不住的柔腸轉？這憔悴非關愛月眠遲倦，可為惜花，朝起庭院？

『忽忽花間起夢情，女兒心性未分明。無眠一夜燈明滅，分煞梅香喚不醒。』

昨日偶爾春遊，何人見夢。綢繆顧盼，如遇平生。獨坐思量，情殊悵怳。眞箇可憐人也。（悶介）

（貼捧茶食上）『香飯盛來鸚鵡粒，清茶擎出鷓鴣斑。』小姐早膳哩。

（旦）咱有甚心情也！

【前腔】梳洗了纔匀面，照臺兒未收展。睡起無滋味，茶飯怎生咽？

（貼）夫人分付，早飯要早。

（旦）你猛說夫人，則待把飢人勸。你說爲人在世，怎生叫做喫飯？

（貼）一日三餐。

（旦）咳，甚甌兒氣力與擎拳！生生的了前件。你自拏去喫便了。

（貼）『受用餘杯冷炙，勝如賸粉殘膏。』（下）

（旦）春香已去。天呵，昨日所夢，池亭儼然。只圖舊夢重來，其奈新愁一段。尋思展轉，竟夜無眠。咱待乘此空閒，背卻春香，悄向花園尋看。

（悲介）哎也，似咱這般，正是：『夢無綵鳳雙飛翼，心有靈犀一點通。』

（行介）一逕行來，喜的園門洞開，守花的都不在。則這殘紅滿地呵！

【懶畫眉】最撩人春色是今年。少甚麼低就高來粉畫垣，元來春心無處不飛懸。（絆介）哎，睡荼蘼抓住裙衩線，恰便是花似人心好處牽。這一灣流水呵！

【前腔】爲甚呵，玉真重遡武陵源？也則爲水點花飛在眼前。是天公不費買花錢，則咱人心上有啼紅怨。咳，辜負了春三二月天。

（貼上）喫飯去，不見了小姐，則得一逕尋來。呀，小姐，你在這裏！

【不是路】何意嬋娟，小立在垂垂花樹邊。纔朝饍，箇人無伴怎遊園？（旦）畫廊前，深深驀見銜泥燕，隨步名園是偶然。（貼）娘回轉，幽閨窣地教人見，『那些兒閒串？那些兒閒串？』

【前腔】（旦作惱介）哇，偶爾來前，道的咱偷閒學少年。

（貼）咳，不偷閒，偷淡。

（旦）欺奴善，把護春臺都猜做謊桃源。

（貼）敢胡言，這是夫人命，道春多刺繡宜添線，潤逼鑪香好膩箋。

（旦）還說甚來？

（貼）這荒園塹，怕花妖木客尋常見。去小庭深院，去小庭深院！

（旦）知道了。你好生答應夫人去，俺隨後便來。

（貼）『閒花傍砌如依主，嬌鳥嫌籠會罵人。』（下）

（旦）丫頭去了，正好尋夢。

【忒忒令】那一答可是湖山石邊，這一答似牡丹亭畔。嵌雕闌芍藥芽兒淺，一絲絲垂楊線，一丟丟榆莢錢，線兒春甚金錢弔轉！

呀，昨日那書生將柳枝要我題詠，強我歡會之時，好不話長！

【嘉慶子】是誰家少俊來近遠，敢迤逗這香閨去沁園？話到其間靦腆。他捏這眼，奈煩也天；咱噷這口，待酬言。

【尹令】那書生可意呵，咱不是前生愛眷，又素乏平生半面。則道來生出現，乍便今生夢見。生就箇書生，恰恰生生抱咱去眠。

那些好不動人春意也。

【品令】他倚太湖石，立著咱玉嬋娟。待把俺玉山推倒，便日煖玉生煙。捱過雕闌，轉過鞦韆，揞著裙花展。敢席著地，怕天瞧見。好一會分明，美滿幽香不可言。

夢到正好時節，甚花片兒弔下來也！

【豆葉黃】他興心兒緊嚥嚥，嗚著咱香肩。俺可也慢掂掂做意兒周旋。等閒間把一箇照人兒昏善，那般形現，那般軟綿。忑一片撒花心的紅影兒弔將來半天。敢是咱夢魂兒廝纏？

咳，尋來尋去，都不見了。牡丹亭，芍藥闌，怎生這般悽涼冷落，杳無人跡？好不傷心也！

【玉交枝】（淚介）是這等荒涼地面，沒多半亭臺靠邊，好是咱瞇睽色眼尋難見。明放著白日青天，猛教人抓不到魂夢前。霎時間有如活現，打方旋再得俄延，呀，是這答兒壓黃金釧匾。要再見那書生呵，

【月上海棠】怎賺騙，依稀想像人兒見。那來時荏苒，去也遷延。非遠，那雨跡雲蹤纔一轉，敢依花傍柳還重現。昨日今朝，眼下心前，陽臺一座登時變。再消停一番。

（望介）呀，無人之處，忽然大梅樹一株，梅子磊磊可愛。

【二犯么令】偏則他暗香清遠，傘兒般蓋的周全。他趁這，他趁這春三月紅綻雨肥天，葉兒青，偏迸著苦仁兒裏撒圓。愛殺這晝陰便，再得到羅浮夢邊。

罷了，這梅樹依依可人，我杜麗娘若死後，得葬於此，幸矣。

【江兒水】偶然間心似繾，梅樹邊。這般花花草草由人戀，生生死死隨人願，便酸酸楚楚無人怨。待打併香魂一片，陰雨梅天，守的箇梅根相見。（倦坐介）

（貼上）『佳人拾翠春亭遠，侍女添香午院清。』咳，小姐走乏了，梅樹下眠。

【川撥棹】你遊花院，怎靠著梅樹偃？（旦）一時間望，一時間望眼連天，忽忽地傷心自憐。（泣介）（合）知怎生情悵然，知怎生淚暗懸？

（貼）小姐甚意兒？

【前腔】（旦）春歸人面，整相看無一言，我待要折，我待要折的那柳枝兒問天，我如今悔，我如今悔不與題箋。（貼）這一句猜頭兒是怎言？（合前）

（貼）去罷。（旦作行又住介）

【前腔】為我慢歸休，緩留連。（內鳥啼介）聽，聽這不如歸春暮天，難道我再，難道我再到這亭園，則掙的箇長眠和短眠！（合前）

（貼）到了，和小姐瞧奶奶去。

（旦）罷了。

【意不盡】輭咍咍剛扶到畫闌偏，報堂上夫人穩便。咱杜麗娘呵，少不得樓上花枝也則是照獨眠。

（旦）武陵何處訪仙郎？釋皎然　（貼）只怪遊人思易忘。韋莊
（旦）從此時時春夢裏，白居易　（貼）一生遺恨繫心腸。張祜

第十三齣　訣謁

【杏花天】（生上）雖然是飽學名儒，腹中飢，崢嶸脹氣。夢魂中紫閣丹墀，猛擡頭、破屋半間而已。

『蛟龍失水硯池枯，狡兔騰天筆勢孤。百事不成眞畫虎，一枝難穩又驚烏。』

我柳夢梅在廣州學裏，也是箇數一數二的秀才，捱了些數伏數九的日子。於今藏身荒圃，寄口髯奴。思之、思之，惶愧、惶愧。想起韓友之談，不如外縣傍州，尋覓活計。正是：『家徒四壁求楊意，樹少千頭愧木奴。』老園公那裏？

【字字雙】（淨扮郭駝上）前山低坬後山堆，駝背；牽弓射弩做人兒，把勢；一連十箇偌來回，漏地；有時跌做繡毬兒，滾氣。

自家種園的郭駝子是也。祖公公郭橐駝，從唐朝柳員外來柳州。我因兵亂，跟隨他二十八代玄孫柳夢梅秀才的父親，流轉到廣，又是若干年矣。賣果子回來，看秀才去。

（見介）秀才，讀書辛苦。

（生）園公，正待商量一事。我讀書過了廿歲，並無發跡之期。思想起來，前路多長，豈能鬱鬱居此。搬柴運水，多有勞累。園中果樹，都判與伊。聽我道來：

【桂花鎖南枝】俺有身如寄，無人似你。俺喫盡了黃淡酸甜，費你老人家澆培接植。你道俺像甚的來？鎮日裏似醉漢扶頭。甚日的和老駝伸背？自株守，教怨誰？讓荒園，你存濟。

【前腔】（淨）俺橐駝風味，種園家世。（揖介）不能勾展腳伸腰，也和你鞠躬盡力。

秀才，你貼了俺果園那裏去？

（生）坐食三餐，不如走空一棍。

（淨）怎生叫做一棍？

（生）混名打秋風哩！

（淨）咳，你費工夫去撞府穿州，不如依本分登科及第。

（生）你說打秋風不好？『茂陵劉郎秋風客』，到大來做了皇帝。

（淨）秀才，不要攀今弔古的。你待秋風誰？你道滕王閣，風順隨；則怕魯顏碑，響雷碎。

（生）俺干謁之興甚濃，休的阻擋。

（淨）也整理些衣服去。

【尾聲】把破衫衿徹骨捶挑洗。（生）學干謁黌門一布衣。（淨）秀才，則要你衣錦還鄉俺還見的你。

（生）此身飄泊苦西東，杜甫

（淨）笑指生涯樹樹紅。陸龜蒙

（生）欲盡出遊那可得？武元衡

（淨）秋風還不及春風。王建

牡丹亭　第十四齣　寫真

第十四齣　寫真

【破齊陣】（旦上）徑曲夢迴人杳，閨深珮冷魂銷。似霧濛花，如雲漏月，一點幽情動早。（貼上）怕待尋芳迷翠蝶，倦起臨妝聽伯勞。春歸紅袖招。

〔醉桃源〕『（旦）不經人事意相關，牡丹亭夢殘。

（貼）斷腸春色在眉彎，倩誰臨遠山？

（旦）排恨疊，怯衣單，花枝紅淚彈。

（合）蜀妝晴雨畫來難，高唐雲影間。』

（貼）小姐，你自花園遊後，寢食悠悠，敢爲春傷，頓成消瘦？春香愚不諫賢，那花園以後再不可行走了。

（旦）你怎知就裏？這是：『春夢暗隨三月景，曉寒瘦減一分花。』

【刷子序犯】（旦低唱）春歸恁寒悄，都來幾日意懶心喬，竟妝成熏香獨坐無聊。逍遙，怎剗盡助愁芳草，甚法兒點活心苗！真情強笑為誰嬌？淚花兒打迸著夢魂飄。

【朱奴兒犯】（貼）小姐，你熱性兒怎不冰著，冷淚兒幾曾乾燥？這兩度春遊忒分曉，是禁不的燕抄鶯鬧。你自窨約，敢夫人見焦。再愁煩，十分容貌怕不上九分瞧。

（旦作驚介）咳，聽春香言話，俺麗娘瘦到九分九了。俺且鏡前一照，委是如何？

（照介）（悲介）哎也，俺往日豔治輕盈，奈何一瘦至此！若不趁此時自行描畫，流在人間，一旦無常，誰知西蜀杜麗娘有如此之美貌乎！春香，取素絹，丹青，看我描畫。

（貼下取絹、筆上）『三分春色描來易，一段傷心畫出難。』絹幅、丹青，俱已齊備。

（旦泣介）杜麗娘二八春容，怎生便是杜麗娘自手生描也呵！

【普天樂】這些時把少年人如花貌，不多時憔悴了。不因他福分難消，可甚的紅顏易老？論人間絕色偏不少，等把風光丟抹早。打滅起離魂舍欲火三焦，擺列著昭容閣文房四寶，待畫出西子湖眉月雙高。

【雁過聲】（照鏡歎介）輕綃，把鏡兒擘掠。筆花尖淡掃輕描。影兒呵，和你細評度：你腮斗兒恁喜謔，則待注櫻桃，染柳條，渲雲鬟煙靄飄蕭；眉梢青未了，箇中人全在秋波妙，可可的淡春山鈿翠小。

【傾盃序】(貼)宜笑，淡東風立細腰，又似被春愁著。(旦)謝半點江山，三分門户，一種人才，小小行樂，撚青梅閒廝調。倚湖山夢曉，對垂楊風裊。忒苗條，斜添他幾葉翠芭蕉。

春香，噔起來，可廝像也？

【玉芙蓉】(貼)丹青女易描，真色人難學。似空花水月，影兒相照。

(旦喜介)畫的來可愛人也。咳，情知畫到中間好，再有似生成別樣嬌。

(貼)只少箇姐夫在身傍。若是姻緣早，把風流婿招，少什麼美夫妻圖畫在碧雲高！

(旦)春香，咱不瞞你，花園遊玩之時，咱也有箇人兒。

(貼驚介)小姐，怎的有這等方便呵？

(旦)夢哩！

【山桃犯】有一箇曾同笑，待想像生描著，再消詳邈入其中妙，則女孩家怕漏泄風情稿。這春容呵，似孤秋片月離雲嶠，甚蟾宮貴客傍的雲霄？

春香，記起來了。那夢裏書生，曾折柳一枝贈我。此莫非他日所適之夫姓柳乎？故有此警報耳。偶成一詩，暗藏春色，題於幀首之上何如？

（貼）卻好。

（旦題吟介）『近覩分明似儼然，遠觀自在若飛仙。他年得傍蟾宮客，不在梅邊在柳邊。』

（放筆歎介）春香，也有古今美女，早嫁了丈夫相愛，替他描模畫樣；也有美人自家寫照，寄與情人。似我杜麗娘寄誰呵！

【尾犯序】心喜轉心焦。喜的明妝儼雅，仙珮飄颻。則怕呵，把俺年深色淺，當了箇金屋藏嬌。虛勞，寄春容教誰淚落，做真真無人喚叫。（淚介）堪愁夭，精神出現留與後人標。

春香，悄悄喚那花郎分付他。

（貼叫介）（丑扮花郎上）『秦宮一生花裏活，崔徽不似卷中人。』小姐有何分付？

（旦）這一幅行樂圖，向行家裱去。叫人家收拾好些。

【鮑老催】這本色人兒妙，助美的誰家裱？要練花綃簾兒瑩、邊闌小，教他有人問著休胡嘌。日炙風吹懸襯的好，怕好物不堅牢。把咱巧丹青休涴了。

（丑）小姐，裱完了，安奉在那裏？

【尾聲】（旦）儘香閨賞玩無人到，

（貼）這形模則合挂巫山廟。

（合）又怕為雨為雲飛去了。

（貼）眼前珠翠與心違，崔道融　（旦）卻向花前痛哭歸。韋莊

（貼）好寫妖嬈與教看，羅虬　（旦）令人評泊畫楊妃。韓偓

第十五齣 虜諜

【一枝花】（淨扮番王引衆上）天心起滅了遼，世界平分了趙。靜鞭兒替了胡笳哨。擂鼓鳴鐘，看文武班齊到。骨碌碌南人笑，則箇鼻凹兒蹻，臉皮兒皰，毛梢兒魋。

『萬里江山萬里塵。一朝天子一朝臣。俺北地怎禁沙日月，南人偏占錦乾坤。』自家大金皇帝完顏亮是也。身爲夷虜，性愛風騷。俺祖公阿骨都，搶了南朝天下，趙康王走去杭州，今又三十餘年矣。聽得他粧點杭州，勝似汴梁風景。一座西湖，朝歡暮樂。有箇曲兒，說他『三秋桂子，十里荷花。』便待起兵百萬，吞取何難？兵法虛虛實實，俺待用箇南人，爲我嚮導。喜他淮揚賊漢李全，有萬夫不當之勇。他心順溜於俺，俺先封他爲溜金王之職。限他三年內招兵買馬，騷擾淮揚地方。相機而行，以開征進之路。哎喲，俺巴不到西湖上散悶兒也！

【北二犯江兒水】平分天道，雖則是平分天道，高頭偏俺照。俺司天臺標著那南朝，標著他那答兒好。

（衆）那答里好？

（淨笑介）你說西子怎嬌嬈，向西湖上笑倚著蘭橈。

（眾）西湖有俺這南海子、北海子大麼？

（淨）周圍三百里。波上花搖，雲外香飄。無明夜、錦笙歌圍醉遶。

（眾）萬歲爺，借他來耍耍。

（淨）已潛遣畫工，偷將他全景來了。那湖上有吳山第一峰，畫俺立馬其上。俺好不狠也！吳山最高，俺立馬在吳山最高。江南低小，也看見了江南低小。

（舞介）俺怕不占場兒砌一箇《錦西湖上馬嬌》。

（眾）奏萬歲爺，怕急不能勾到西湖，何方駐駕？

【北尾】（淨）呀，急切要畫圖中匹馬把西湖哨，且迤遞的看花向洛陽道。我呵，少不的把趙康王剩水殘山都占了。

線大長江扇大天，譚　峭　旌旗遙拂雁行偏。司空圖
可勝飲盡江南酒？張　祜　交割山川直到燕。王　建

第十六齣　詰病

【三登樂】（老旦上）今生怎生？偏則是紅顏薄命，眼見的孤苦仃㑆。（泣介）掌上珍，心頭肉，淚珠兒暗傾。天呵，偏人家七子團圓，一箇女孩兒廝病。

〔清平樂〕『如花嬌怯，合得天饒借。風雨於花生分劣，作意十分凌藉。止堪深閣重簾，誰教月榭風簷。我髮短迴腸寸斷，眼昏眵淚雙淹。』

老身年將半百，單生一女麗娘。因何一病，起倒半年？看他舉止容談，不似風寒暑濕。中間緣故，春香必知，則問他便了。春香賤才那裏？

（貼上）有哩。我『眼裏不逢乖小使，掌中擎著箇病多嬌。得知堂上夫人召，賸酒殘脂要咱消』。春香叩頭。

（老旦）小姐閒常好好的，纔著你賤才伏侍他，不上半年，偏是病害。可惱，可惱！且問近日茶飯多少？

【駐馬聽】（貼）他茶飯何曾，所事兒休提、叫懶應。看他嬌啼隱忍，笑譫迷廝，睡眼懵憕。

（老旦）早早稟請太醫了。
（貼）則除是八法針針斷軟綿情。怕九還丹丹不的腌臢證。
（老旦）是什麼病？
（貼）春香不知，道他一枕秋清，卻怎生還害的是春前病。
（老旦哭介）怎生了。
【前腔】他一搦身形，瘦的龐兒沒了四星。都是小奴才逗他。大古是煙花惹事，鶯燕成招，雲月知情。
賤才還不跪！取家法來。
（貼跪介）春香實不知道。
（老旦）因何瘦壞了玉娉婷，你怎生觸損了他嬌情性？
（貼）小姐好好的拈花弄柳，不知因甚病了。
（老旦惱，打貼介）打你這牢承，嘴骨稜的胡遮映。
（貼）夫人休閃了手。容春香訴來。便是那一日遊花園回來，夫人撞到時節，說箇秀才手裏折的柳枝兒，要小姐題詩。小姐說這秀才素昧平生，也不和他題了。
（老旦）不題罷了。後來？
（貼）後來那、那、那秀才就一拍手把小姐端端正正抱在牡丹亭上去了。

（老旦）去怎的？

（貼）春香怎得知？小姐做夢哩。

（老旦驚介）是夢麼？

（貼）是夢。

（老旦）這等著鬼了。快請老爺商議。

（貼請介）老爺有請。

（外上）『肘後印嫌金帶重，掌中珠怕玉盤輕。』夫人，女兒病體因何？

（老旦泣介）老爺聽講：

【前腔】說起心疼，這病知他是怎生！看他長眠短起，似笑如啼，有影無形。原來女兒到後花園遊了。夢見一人手執柳枝，閃了他去。（作歎介）怕腰身觸污了柳精靈，虛囂側犯了花神聖。老爺呵，急與禳星，怕流星趕月相刑迸。

（外）卻還來。我請陳齋長教書，要他拘束身心。你爲母親的，倒縱他閒遊。（笑介）則是些日炙風吹，傷寒流轉。便要禳解，不用師巫，則叫紫陽宮石道婆誦些經卷可矣。古語云：『信巫不信醫，一不治也。』我已請過陳齋長看他脈息去了。

(老旦)看甚脈息。若早有了人家，敢沒這病。

(外)咳，古者男子三十而娶；女子二十而嫁。女兒點點年紀，知道箇什麼呢？

【前腔】忒恁憨生，一箇哇兒甚七情？則不過往來潮熱，大小傷寒，急慢風驚。則是你爲母的呵，真珠不放在掌中擎，因此嬌花不奈這心頭病。(泣介)(合)兩口丁零，告天天，半邊兒是咱全家命。

(丑扮院公上)『人來大庾嶺，船去鬱孤臺。』稟老爺，有使客到。

【尾聲】(外)俺為官公事有期程。夫人，好看惜女兒身命，少不的人向秋風病骨輕。(外、丑下)

(老旦、貼弔場介)(老旦)『無官一身輕，有子萬事足。』我看老相公則爲往來使客，把女兒病都不瞧。好傷懷也。

(泣介)想起來一邊叫石道婆禳解，一邊教陳教授下藥。知他效驗如何？正是：『世間只有娘憐女，天下能無卜與醫！』(下)

第十七齣 道覡

【風入松】（淨扮老道姑上）人間嫁娶苦奔忙，只為有陰陽。問天天從來不具人身相，只得來道扮男妝，屈指有四旬之上。當人生，夢一場。

〔集唐〕『紫府空歌碧落寒 李群玉，竹石如山不敢安 杜甫。長恨人心不如石 劉禹錫，每逢佳處便開看 韓愈。』

貧道紫陽宮石道姑是也。俗家原不姓石，則因生爲石女，爲人所棄，故號『石姑』。思想起來：要還俗，《百家姓》上有俺一家；論出身，《千字文》中有俺數句。天呵，非是俺『求古尋論』，恰正是『史魚秉直』。俺因何住在這『樓觀飛驚』，打併的『勞謙謹勑』？看修行似『福緣善慶』，論因果是『禍因惡積』。有甚麼『榮業所基』？幾輩兒『林皐幸即』。生下俺『形端表正』，那些『性靜情逸』。大便孔似『園莽抽條』，小淨處也『渠荷滴瀝』。只那些兒正好叉著口，『鉅野洞庭』；偏和你滅了縫，『昆池碣石』。雖則石路上可以『路俠槐卿』，石田中怎生『我藝黍稷』？難道嫁人家『空谷傳聲』？則好守娘家『孝當竭力』。可奈不由人『諸姑伯叔』，聒噪俺『入奉母儀』。母親說你內才兒雖然『守眞志滿』，外像兒『毛施淑姿』，是人家有箇『上和下睦』，偏你石二姐沒箇『夫唱婦隨』？便請了箇有口齒的媒人，『信使可覆』。許了箇了大鼻子的女婿，『器欲難量』。

則見不多時，那人家下定了。說道選擇了一年上『日月盈昃』，配定了八字兒『辰宿列張』。他過的禮，『金生麗水』，俺上了轎，『玉山崑岡』。遮臉的『紈扇圓潔』，引路的『銀燭輝煌』。那新郎好不打扮的頭直上『高冠陪輦』。咱新人一般排比了腰兒下『束帶矜莊』。請了些『親戚故舊』，半路上『接杯舉觴』。請新人『升階納陛』，叫女伴們『侍巾帷房』。合卺的『弦歌酒讌』，撒帳的『詩讚羔羊』。把俺做新人嘴臉兒一寸寸『鑑貌辨色』，將俺那寶妝奩一件件都『寓目囊箱』。

早是二更時分，新郎緊上來了。替俺說，俺兩口兒活像『鳴鳳在竹』，一時間就要『白駒食場』。則見被窩兒『蓋此身髮』，燈影裏褪盡了這幾件『乃服衣裳』。天呵，瞧了他那『驢騾犢特』；教俺好一會『悚懼恐惶』。那新郎見我害怕，說道：新人，你年紀不少了，『閏餘成歲』。俺可也不使狠，和你慢慢的『律呂調陽』。俺聽了口不應，心兒裏笑著。新郎，新郎，任你『矯手頓足』，你可也『靡恃己長』。

三更四更了，他則待陽臺上『雲騰致雨』，怎生巫峽內『露結爲霜』？他一時摸不出路數兒，道是怎的？快取亮來。側著腦要『右通廣內』，踮著眼在『籃筍象床』。那時節俺口不說，心下好不冷笑。新郎，新郎，俺這件東西，則許你『徘徊瞻眺』，怎許你『適口充腸』。

如此者幾度了，惱的他氣不分的嘴勞刀『俊乂密勿』，累的他鑿不竅皮混沌的『天地玄黃』。和他整夜價則是『寸陰是競』。待講起，醜煞那『屬耳垣牆』。幾番待懸梁，待投河，『免其指斥』。若還用刀鑽，用線藥，『豈敢毀傷』？便攛做趄了交『索居閒處』，甚法兒取他意『悅豫且康』？有了，有了。他沒奈何央及煞後庭花『背邙面洛』，俺也則得且隨順乾荷葉，和他『秋收冬藏』。哎喲，對面兒做的箇『女慕貞潔』，轉腰兒到做了『男效才良』。雖則暫時間『釋紛利俗』，畢竟情意兒『四大五常』。要留俺怕誤了他『嫡後嗣續』，要嫁了俺怕人笑『飢厭糟糠』。這時節俺也索勸他了：官人，官人，少不得請一房『妾御績紡』，省你氣那『鳥官人皇』。俺情願『推位讓國』，則要你『得能莫忘』。後來當眞討一箇了。沒多時做小的『寵增抗極』，反撚去俺爲正的『率賓歸王』。不怨他，只『省躬譏誡』。出了家罷，俺則『垂拱平章』。

若論這道院裏，昔年也不甚『宮殿盤鬱』；到老身，纔開闢了『宇宙洪荒』。畫眞武『劍號巨闕』，步北斗『珠稱夜光』。奉香供『果珍李柰』，把齋素也是『菜重芥薑』。世間味識得破『海鹹河淡』，人中網逃得出『鱗潛羽翔』。俺這出了家呵，把那幾年前做新郎的臭粘涎『骸垢想浴』，將俺即世裏做老婆的乾柴火『執熱願涼』。則可惜做觀主『遊鶤獨運』，也要知觀的『顧答審詳』。赴會的都要『具膳餐飯』，行腳的也要『老少異糧』。怎生觀中再沒箇人兒？也都則是『沈默寂寥』，全不會『箋蝶簡要』。俺老將來『年矢每催』，鏡兒裏『晦魄環照』。硬配不上仕女圖『馳譽丹青』，也要接得著仙眞傳『堅持雅操』。懶雲遊『東西二京』，端一味『坐朝問道』。女冠子有幾箇『同氣連枝』，騷道士不與他『工顰妍笑』。怕了他暗地虎『布射遼丸』，則守著寒水魚『鈞巧在鈞』。使喚的只一箇『猶子比兒』，叫做癩頭黿『愚蒙等誚』。

（內）姑娘罵俺哩。俺是箇妙人兒。

（淨）好不羞。『殆辱近恥』，到誇獎你『並皆佳妙』。

（內）杜太爺皁隸拏姑娘哩。

（淨）爲甚麼？

（內）說你是箇賊道。

（淨）咳，便道那府牌來『杜藁鍾隸』，把俺做女妖看『誅斬賊盜』，俺可也『散慮逍遙』，不用你這般『虛輝朗耀』。

（丑扮府差上）『承差府堂上，提名仙觀中。』（見介）

（淨）府牌哥爲何而來？

【大迓鼓】（丑）府主坐黃堂，夫人傳示，衙內敲梆。知他小姐年多長，染一疾，半年光。

（淨）俺不是女科。

（丑）請你修齋，一會祈禳。

【前腔】（淨）俺仙家有禁方。小小靈符，帶在身傍。教他刻下人無恙。

（丑）有這等靈符！快行動些。（行介）

（淨）叫童兒。（內應介）

（淨）好看守，臥雲房。殿上無人，仔細燈香。

（內）知道了。

（淨）紫微宮女夜焚香，王建　（丑）古觀雲根路已荒。釋皎然

（淨）猶有眞妃長命縷，司空圖　（丑）九天無事莫推忙。曹唐

第十八齣　診祟

【一江風】（貼扶病旦上）（旦）病迷廝。為甚輕憔悴？打不破愁魂謎。夢初回，燕尾翻風，亂颯起湘簾翠。春去偌多時，春去偌多時，花容只顧衰。井梧聲刮的我心兒碎。

〔行香子〕春香呵，我『楚楚精神，葉葉腰身，能禁多病逡巡！

（貼）你星星措與，種種生成，有許多嬌，許多韻，許多情。

（旦）該，咱弄梅心事，那折柳情人，夢淹漸暗老殘春。

（貼）正好簟爐香午，枕扇風清。知為誰顰，為誰瘦，為誰疼？』

（旦）春香，我自春遊一夢，臥病如今。不癢不疼，如癡如醉。知他怎生？

（貼）小姐，夢兒裏事，想他則甚！

（旦）你教我怎生不想呵！

【金落索】貪他半晌癡，賺了多情泥。待不思量，怎不思量得？就裏暗銷肌，怕人知。嗽腔腔嫩喘微。哎喲，我這慣淹煎的樣子誰憐惜？自噤窄的春心怎的支？心兒悔，悔當初一覺留春睡。

（貼）老夫人替小姐沖喜。

（旦）信他沖的箇甚喜？到的年時，敢犯殺花園內？

【前腔】（貼）看他春歸何處歸，春睡何曾睡？氣絲兒怎度的長天日？把心兒捧湊眉，病西施。小姐，夢去知他實實誰？病來只送的箇虛虛的你。做行雲先渴倒在巫陽會。全無謂，把單相思害得忒明昧。又不是困人天氣，中酒心期，魆魆地常如醉。

（末上）『日下曬書嫌鳥跡，月中搗藥要蟾酥。』我陳最良承公相命，來診視小姐脈息。到此後堂，不免打叫一聲。春香賢弟有麼？

（貼見介）是陳師父。小姐睡哩。

（末）免驚動他。我自進去。

（見介）小姐。

（旦作驚介）誰？

（貼）陳師父哩。

（旦扶起介）（旦）師父，我學生患病。久失敬了。

（末）學生，學生，古書有云：『學精於勤，荒於嬉。』你因爲後花園湯風冒日，感下這疾，荒廢書工。我爲師的在外，寢食不安。幸喜老公相請來看病。也不料你清減至此。似這般樣，幾時能勾起來讀書？早則端陽節哩。

（貼）師父，端節有你的。

（末）我說端陽，難道要你粽子？小姐，望聞問切，我且問你病症因何？

（貼）師父問什麼！只因你講《毛詩》，這病便是『君子好求』上來的。

（末）是那一位君子？

（貼）知他是那一位君子。

（末）這般說，《毛詩》病用《毛詩》去醫。那頭一卷就有女科聖惠方在裏。

（貼）師父，可記的《毛詩》上方兒？

（末）便依他處方。小姐害了『君子』的病，用的史君子。《毛詩》：『既見君子，云胡不瘳？』這病有了君子抽一抽，就抽好了。

（旦羞介）哎也！

（貼）還有甚藥？

（末）酸梅十箇。《詩》云：『摽有梅，其實七兮』，又說：『其實三兮。』三箇打七箇，是十箇。此方單醫男女過時思酸之病。（旦歎介）

（貼）還有呢？

（末）天南星三箇。

（貼）可少？

（末）再添些。《詩》云：『三星在天。』專醫男女及時之病。
（貼）還有呢？
（末）俺看小姐一肚子火，你可抹淨一箇大馬桶，待我用梔子仁、當歸，瀉下他火來。這也是依方：『之子于歸，言秣其馬。』
（貼）師父，這馬不同那『其馬』。
（末）一樣髀鞦窟洞下。
（旦）好箇傷風切藥陳先生。
（貼）做的按月通經陳媽媽。
（旦）師父不可執方，還是診脈為穩。
（末看脈，錯按旦手背介）（貼）師父，討箇轉手。
（末）女人反此背看之，正是王叔和《脈訣》。也罷，順手看是。
（診脈介）呀，小姐脈息，到這箇分際了。

【金索挂梧桐】他人才忒整齊，脈息恁微細。小小香閨，為甚傷憔悴？（起介）春香呵，似他這傷春怯夏肌，好扶持。病煩人容易傷秋意。小姐，我去咀藥來。
（旦歎介）師父，少不得情栽了竅髓鍼難入，病躲在煙花你藥怎知？（泣介〕承尊覷，何時何日來看這女顏回？
（合）病中身怕的是驚疑。且將息，休煩絮。
（旦）師父且自在。送不得你了。可曾把俺八字推算麼？
（末）算來要過中秋好。『當生止有八箇字，起死曾無三世醫。』（下）
（貼）一箇道姑走來了。
（淨上）『不聞弄玉吹簫去，又見嫦娥竊藥來。』自家紫陽宮石道姑便是。承杜老夫人呼喚，替小姐禳解。（見貼介）
（貼）姑姑爲何而來？
（淨）吾乃紫陽宮石道姑。承夫人命，替小姐禳解。不知害的甚病？
（貼）尷尬病。
（淨）爲誰來？
（貼）後花園耍來。
（淨舉三指，貼搖頭介）（淨舉五指，貼又搖頭介）
（淨）咳，你說是三是五，與他做主。
（貼）你自問他去。
（淨見旦介）小姐，小姐，道姑稽首那。

（旦作驚介）那裏道姑？

（淨）紫陽宮石道姑。夫人有召，替小姐保禳。聞說小姐在後花園著魅，我不信。

【前腔】你惺惺的怎著迷？設設的渾如魅。

（旦作魘語介）我的人那。

（淨、貼背介）你聽他唸唸呢呢，作的風風勢。是了，身邊帶有箇小符兒。

（取旦釵挂小符，作咒介）『赫赫揚揚，日出東方。此符屛卻惡夢，辟除不祥。急急如律令敕。』（插釵介）這釵頭小篆符，眠坐莫教離。把閒神野夢都迴避。

（旦醒介）咳，這符敢不中？我那人呵，須不是依花附木廉纖鬼，咱做的弄影團風抹媚癡。

（淨）再癡時，請箇五雷打他。

（旦）些兒意，正待攜雲握雨，你卻用掌心雷。

（合前）（淨）還分明說與，起箇三丈高咒旛兒。

（旦）待說箇甚麼子好？

【尾聲】依稀則記的箇柳和梅。姑姑，你也不索打符樁挂竹枝，則待我

冷思量，一星星兒向夢兒裏。（貼扶旦下）

（貼）綠慘雙蛾不自持，步非煙　（淨）道家妝束厭禳時。薛能

（旦）如今不在花紅處，僧懷濟　（合）爲報東風且莫吹。李涉

第十九齣　牝　賊

【北點絳脣】（淨扮李全引眾上）世擾羶風，家傳雜種。刀兵動，這賊英雄，比不的穿牆洞。

『野馬千蹄合一群，眼看江海盡風塵。漢兒學得胡兒語，又替胡兒罵漢人。』自家李全是也。本貫楚州人氏。身有萬夫不當之勇。南朝不用，去而爲盜。以五百人出沒江淮之間，正無歸著。所幸大金皇帝，遙封俺爲溜金王。央我騷擾淮揚。看機進取。奈我多勇少謀。所喜妻子楊氏娘娘，能使一條梨花槍，萬人無敵。夫妻上陣，大有威風。則是娘娘有些喫酸，但是擄的婦人，都要送他帳下。便是軍士們，都只畏懼他。正是：『山妻獨霸蛇吞象，海賊封王魚變龍。』

【番卜算】（丑扮楊婆持鎗上）百戰惹雌雄，血映燕支重。（舞介）一枝槍灑落花風，點點梨花弄。

（見舉手介）大王千歲。奴家介冑在身，不拜了。

（淨）娘娘，你可知大金皇帝，封俺做溜金王？

（丑）怎麼叫做溜金王？

（淨）溜者順也。

（丑）封你何事？

（淨）央俺騷擾淮揚三年。待俺兵糧齊集，一舉渡江，滅了趙宋。那時還封俺爲帝哩！

（丑）有這等事！恭喜了。借此號令，買馬招軍。

【六么令】如雷喧鬨，緊轅門畫鼓鼕鼕。哨尖兒飛過海雲東。（合）好男女，坐當中，淮揚草木都驚動。

【前腔】聚糧收眾。選高蹄戰馬青驄。閃盔纓斜簇玉釵紅。（合前）

（淨）群雄競起向前朝，杜甫　（丑）折戟沈沙鐵未銷。杜牧
平原好牧無人放，曹唐　白草連天野火燒。王維

牡丹亭　第二十齣　鬧殤

第二十齣 鬧殤

【金瓏璁】（貼上）連宵風雨重，多嬌多病愁中。仙少效，藥無功。『顰有爲顰，笑有爲笑。不顰不笑，哀哉年少。』春香侍奉小姐，傷春病到深秋。今夕中秋佳節，風雨蕭條。小姐病轉沈吟，待我扶他消遣。正是：『從來雨打中秋月，更值風搖長命燈。』（下）

【鵲橋仙】（貼扶病旦上）拜月堂空，行雲徑擁。骨冷怕成秋夢。世間何物似情濃？整一片斷魂心病。

（旦）『沈㽜敲破漏聲殘，似醉如呆死不難。一段暗香迷夜雨，十分清瘦怯秋寒。』春香，病境沈沈，不知今夕何夕？

（貼）八月半了。

（旦）哎也，是中秋佳節哩。老爺，奶奶，都爲我愁煩，不曾玩賞了？

（貼）這都不在話下了。

（旦）聽見陳師父替我推命，要過中秋。看看病勢轉沈，今宵欠好。你爲我開軒一望，月色如何？（貼開窗，旦望介）

【集賢賓】（旦）海天悠、問冰蟾何處湧？玉杵秋空，憑誰竊藥把嫦娥

奉？甚西風吹夢無蹤！人去難逢，須不是神挑鬼弄。在眉峰，心坎裏別是一般疼痛。（旦悶介）

【前腔】（貼）甚春歸無端廝和哄，霧和煙兩不玲瓏。算來人命關天重，會消詳、直恁恩恩！為著誰儂，俏樣子等閒拋送？待我謊他。姐姐，月上了。月輪空，敢蘸破你一床幽夢。

（旦望歎介）『輪時盼節想中秋，人到中秋不自由。奴命不中孤月照，殘生今夜雨中休。』

【前腔】你便好中秋月兒誰受用？剪西風淚雨梧桐。楞生瘦骨加沈重。趲程期是那天外哀鴻。草際寒蛩，撒刺刺紙條窗縫。（旦驚作昏介）冷鬆鬆，輭兀刺四梢難動。

（貼驚介）小姐冷厥了。夫人有請。

（老旦上）『百歲少憂夫主貴，一生多病女兒嬌。』我的兒，病體怎生了？

（貼）奶奶，欠好，欠好。

（老旦）可怎了！

【前腔】不隄防你後花園閒夢銃，不分明再不惺忪，睡臨侵打不起頭梢重。（泣介）恨不呵早早乘龍。夜夜孤鴻，活害殺俺翠娟娟雛鳳。一場空，是這答裏把娘兒命送。

【囀林鶯】（旦醒介）甚飛絲繾的陽神動，弄悠揚風馬叮咚。（泣介）娘，兒拜謝你了。（拜跌介）從小來覷的千金重，不孝女孝順無終。娘呵，此乃天之數也。當今生花開一紅，願來生把萱椿再奉。（眾泣介）（合）恨西風，一霎無端碎綠摧紅。

【前腔】（老旦）並無兒、蕩得箇嬌香種，繞娘前笑眼歡容。但成人索把俺高堂送。恨天涯老運孤窮。兒呵，暫時間月直年空，返將息你這心煩意冗。（合前）

（旦）娘，你女兒不幸，作何處置？

（老旦）奔你回去也。兒！

【玉鶯兒】（旦泣介）旅櫬夢魂中，盼家山千萬重。

（老旦）便遠也去。

（旦）是不是，聽女孩兒一言。這後園中一株梅樹，兒心所愛。但葬我梅樹之下可矣。

（老旦）這是怎的來？

（旦）做不的病嬋娟桂窟裏長生，則分的粉骷髏向梅花古洞。

（老旦泣介）看他強扶頭淚濛，冷淋心汗傾，不如我先他一命無常用。

（合）恨蒼穹，妬花風雨，偏在月明中。

（老旦）還去與爹講，廣做道場也。兒，『銀蟾謾搗君臣藥，紙馬重燒子母錢。』（下）

（旦）春香，咱可有回生之日否？

【前腔】（歎介）你生小事依從，我情中你意中。

春香，你小心奉事老爺奶奶。

（貼）這是當然的了。

（旦）春香，我記起一事來。我那春容，題詩在上，外觀不雅。葬我之後，盛著紫檀兒，藏在太湖石底。

（貼）這是主何意兒？

（旦）有心靈翰墨春容，儻直那人知重。

（貼）姐姐寬心。你如今不幸，孤墳獨影。肯將息起來，稟過老爺，但是姓梅姓柳秀才，招選一箇，同生同死，可不美哉！

（旦）怕等不得了。哎喲，哎約！

（貼）這病根兒怎攻，心上醫怎逢？

（旦）春香，我亡後，你常向靈位前叫喚我一聲兒。

（貼）他一星星說向咱傷情重。

（合前）（旦昏介）（貼）不好了，不好了，老爺奶奶快來！

【憶鶯兒】（外、老旦上）鼓三鼕，愁萬重。冷雨幽窗燈不紅。聽侍兒傳言女病凶。（貼泣介）我的小姐，小姐！（外、老旦同泣介）我的兒呵，你捨的命終，拋的我途窮。當初只望把爹娘送。

（合）恨匆匆，萍蹤浪影，風剪了玉芙蓉。

（旦作醒介）（外）快蘇醒！兒，爹在此。

（旦作看外介）哎喲，爹爹扶我中堂去罷。

（外）扶你也，兒。（扶介）

【尾聲】（旦）怕樹頭樹底不到的五更風，和俺小墳邊立斷腸碑一統。

爹，今夜是中秋。

（外）是中秋也，兒。

（旦）禁了這一夜雨。（歎介）怎能勾月落重生燈再紅！（並下）

（貼哭上）我的小姐，我的小姐，『天有不測之風雲，人有無常之禍福。』我小姐一病傷春死了。痛殺了我家老爺、我家奶奶。列位看官們，怎了也！待我哭他一會。

【紅衲襖】小姐，再不叫咱把領頭香心字燒，再不叫咱把剔花燈紅淚繳，再不叫咱拈花側眼調歌鳥，再不叫咱轉鏡移肩和你點絳桃。想著你夜深深放剪刀，曉清清臨畫藁。提起那春容，被老爺看見了，怕奶奶傷情，分付殉了葬罷。俺想小姐臨終之言，依舊向湖山石兒靠也，怕等得箇拾翠人來把畫粉銷。

（淨上）你哭得好，我也來幫你。老姑姑！你也來了。

【前腔】春香姐，再不教你煖朱脣學弄簫。（貼）爲此。（淨）再不和你蕩湘裙閒鬥草。（貼）便是。

（淨）小姐不在，春香姐也鬆泛多少。

（貼）怎見得？

（淨）再不要你冷溫存熱絮叨，再不要你夜眠遲、朝起的早。

（貼）這也慣了。

（淨）還有省氣的所在。雞眼睛不用你做嘴兒挑，馬子兒不用你隨鼻兒倒。（貼啐介）

（淨）還一件，小姐青春有了，沒時間做出些兒也。那老夫人呵，少不的把你後花園打折腰。

（貼）休胡說！老夫人來也。

（老旦哭介）我的親兒，

【前腔】每日遶娘身有百十遭，並不見你向人前輕一笑。他背熟的班姬《四誡》從頭學，不要得孟母三遷把氣淘。也愁他輭苗條忒恁嬌，誰料他病淹煎真不好。（哭介）從今後誰把親娘叫也，一寸肝腸做了百寸焦。

（老旦悶倒，貼驚叫介）老爺，痛殺了奶奶也。快來，快來！

（外哭上）我的兒也，呀，原來夫人悶倒在此。

【前腔】夫人，不是你坐孤辰把子宿囂，則是我坐公堂冤業報。較不似老倉公多女好。撞不著賽盧醫他一病蹺。天，天，似俺頭白中年呵，便做了大家緣何處消？見放著小門楣生折倒！夫人，你且自保重。便做你寸腸千斷了也，則怕女兒呵，他望帝魂歸不可招。

（丑扮院公上）『人間舊恨驚鴉去，天上新恩喜鵲來。』稟老爺，朝報高陞。

（外看報介）吏部一本，奉聖旨：『金寇南窺，南安知府杜寶，可陞安撫使，鎮守淮揚。即日起程，不得違誤。欽此。』

（歎介）夫人，朝旨催人北往，女喪不便西歸。院子，請陳齊長講話。
（丑）老相公有請。
（末上）『彭殤眞一壑，弔賀每同堂。』（見介）
（外）陳先生，小女長謝你了。
（末哭介）正是。苦傷小姐仙逝，陳最良四顧無門。所喜老公相喬遷，陳最良一發失所。（衆哭介）
（外）陳先生有事商量。學生奉旨，不得久停。因小女遺言，就葬後園梅樹之下，又恐不便後官居住，已分付割取後園，起座『梅花菴觀』，安置小女神位。就著這石道姑焚修看守。那道姑可承應的來？
（淨跪介）老道婆添香換水。但往來看顧，還得一人。
（老旦）就煩陳齋長爲便。
（末）老夫人有命，情願效勞。
（老旦）老爺，須置些祭田纔好。
（外）有漏澤院二頃虛田，撥資香火。
（末）這漏澤院田，就漏在生員身上。
（淨）咱號道姑，堪收稻穀。你是陳絕糧，漏不到你。

（末）秀才口喫十一方，你是姑姑，我還是孤老，偏不該我收糧？

（外）不消爭，陳先生收給。陳先生，我在此數年，優待學校。

（末）都知道。便是老公相高陞，舊規有諸生遺愛記、生祠碑文，到京伴禮送人爲妙。

（淨）陳絕糧，遺愛記是老爺遺下與令愛作表記麼？

（末）是老公相政跡歌謠。什麼『令愛』！

（淨）怎麼叫做生祠？

（末）大祠宇塑老爺像供養，門上寫著『杜公之祠』。

（淨）這等不如就塑小姐在傍，我普同供養。

（外惱介）胡說！但是舊規，我通不用了。

【意不盡】陳先生，老道姑，咱女墳兒三尺暮雲高，老夫妻一言相靠。不敢望時時看守，則清明寒食一碗飯兒澆。

（外）魂歸冥漠魄歸泉，朱褒　（老）使汝悠悠十八年。曹唐

（末）一叫一回腸一斷，李白　（合）如今重說恨綿綿。張籍

第二十一齣　謁　遇

【光光乍】（老旦扮僧上）一領破袈裟，香山嶴裏巴。多生多寶多菩薩，多多照證光光乍。

小僧廣州府香山嶴多寶寺一箇住持。這寺原是番鬼們建造，以便迎接收寶官員。茲有欽差苗爺任滿，祭寶於多寶菩薩位前，不免迎接。

【挂真兒】（淨扮苗舜賓，末扮通事外、貼扮皁卒，丑扮番鬼上）半壁天南開海氾，向真珠窟裏排衙。（僧接介）（合）廣利神王，善財、天女，聽梵放海潮音下。

（淨）『銅柱珠崖道路難，伏波橫海舊登壇。越人自貢珊瑚樹，漢使何勞獬豸冠？』自家欽差識寶使臣苗舜賓便是。三年任滿，例當祭賽多寶菩薩。通事那裏？

（末見介）（丑見介）伽喇喇。（老旦見介）

（淨）叫通事，分付番回獻寶。

（末）俱已陳設。

（淨起看寶介）奇哉寶也。眞乃磊落山川，精熒日月。多寶寺不虛名矣！看香。（內鳴鐘，淨禮拜介）

【亭前柳】（淨）三寶唱三多，七寶妙無過。莊嚴成世界，光彩偏娑婆。甚多，功德無邊闊。（合）領拜南無，多得寶，寶多羅多羅。

（淨）和尚，替番回海商，祝贊一番。

【前腔】（老旦）大海寶藏多，船舫遇風波。商人持重寶，險路怕經過。剎那，念彼觀音脫。（合前）

【挂真兒】（生上）望長安西日下，偏吾生海角天涯。愛寶的喇嘛，抽珠的佛法，滑琉璃兩下難拿。

自笑柳夢梅，一貧無賴，棄家而遊。幸遇欽差寺中祭寶，託詞進見。儻言語中間，可以打動，得其賑援，亦未可知。

（見外介）（生）煩大哥通報一聲。廣州府學生員柳夢梅，來求看寶。（報介）

（淨）朝廷禁物，那許人觀。既係斯文，權請相見。（見介）

（生）『南海開珠殿。

（淨）西方掩玉門。

（生）剖懷俟知己。

（淨）照乘接賢人。』敢問秀才以何至此？

（生）小生貧苦無聊。聞得老大人在此賽寶，願求一觀，以開懷抱。

（淨笑介）既逢南土之珍，何惜西崑之秘。請試一觀。

（淨引生看寶介）（生）明珠美玉，小生見而知之。其間數種，未委何名？煩老大人一一指教。

【駐雲飛】（淨）這是星漢神砂，這是煮海金丹和鐵樹花。少什麼貓眼精光射，母碌通明差。嗏，這是靺鞨柳金芽，這是溫涼玉斝，這是吸月的蟾蜍，和陽燧、冰盤化。

（生）我廣南有明月珠，珊瑚樹。

（淨）徑寸明珠等讓他，便是幾尺珊瑚碎了他。

（生）小生不遊大方之門，何因覩此！

【前腔】天地精華，偏出在番回到帝子家。

稟問老大人，這寶來路多遠？

（淨）有遠三萬里的，至少也有一萬多程。

（生）這般遠，可是飛來、走來？

（淨笑介）那有飛走而至之理。都因朝廷重價購求，自來貢獻。

（生歎介）老大人，這寶物蠢爾無知，三萬里之外，尚然無足而至；生員柳夢梅，滿胸奇異，到長安三千里之近，倒無一人購取，有腳不能飛！他重價高懸下，那市舶能姦詐，嗏，浪把寶船撶。

(淨)疑惑這寶物欠眞麼？

(生)老大人，便是眞，飢不可食，寒不可衣，看他似虛舟飄瓦。

(淨)依秀才說，何爲眞寶？

(生)不欺，小生到是箇眞正獻世寶。我若載寶而朝，世上應無價。

(淨笑介)則怕朝廷之上，這樣獻世寶也多著。

(生)但獻寶龍宮笑殺他，便鬥寶臨潼也賽得他。

(淨)這等便好獻與聖天子了。

(生)寒儒薄相，要伺候官府，尙不能勾。怎見的聖天子？

(淨)你不知到是聖天子好見。

(生)則三千里路資難處。

(淨)一發不難。古人黃金贈壯士，我將衙門常例銀兩，助君遠行。

(生)果爾，小生無父母妻子之累，就此拜辭。

(淨)左右，取書儀，看酒。

(丑上)『廣南愛喫荔枝酒，直北偏飛榆莢錢。』酒到，書儀在此。

(淨)路費先生收下。

（生）謝了。（淨送酒介）

【三學士】你帶微醺走出這香山罅，向長安有路榮華。（生）無過獻寶當今駕，撒去收來再似他。（合）驟金鞭及早把荷衣挂，望歸來錦上花。

【前腔】（生）則怕呵，重瞳有眼蒼天瞎，似波斯賞鑒無差。（淨）由來寶色無真假，只在淘金的會揀沙。（合前）（生）告行了。

【尾聲】你贈壯士黃金氣色佳。（淨）一杯酒酸寒奮發，則願的你呵，寶氣沖天海上槎。

（生）烏紗巾上是青天，司空圖（淨）俊骨英才氣儼然。劉長卿
（生）聞道金門堪濟美，張南史（淨）臨行贈汝繞朝鞭。李 白

第二十二齣 旅寄

【搗練子】（生傘、袱，病容上）人出路，鳥離巢。（內風聲介）攪天風雪夢牢騷。這幾日精神寒凍倒。

『香山嶴裏打包來，三水船兒到岸開。要寄鄉心值寒歲，嶺南南上半枝梅。』

我柳夢梅。秋風拜別中郎，因循親友辭餞。離船過嶺，早是暮冬。不隄防嶺北風嚴，感了寒疾，又無掃興而回之理。一天風雪，望見南安。好苦也！

【山坡羊】樹槎牙餓鳶驚叫，嶺迢遙病魂孤弔。破頭巾雹打風篩，透衣單傘做張兒哨。路斜抄，急沒箇店兒捎。雪兒呵，偏則把白面書生奚落。怎生冰凌斷橋，步高低蹬著。好了。有一株柳，酬將過去。方便處柳跎腰。（扶柳過介）虛囂，儘枯楊命一條。蹊蹺，滑喇沙跌一交。（跌介）

【步步嬌】（末上）俺是箇臥雪先生沒煩惱。背上驢兒笑，心知第五橋。那裏開年有齋村學！（生作哎呀介）（末）怎生來人怨語聲高？（看介）呀，甚城南破瓦窰，閃下箇精寒料。

（生）救人，救人！

（末）我陳最良，爲求館衝寒到此。彩頭兒恰遇著弔水之人，且由他去。

（生又叫介）救人！

（末）聽說救人，那裏不是積福處。俺試問他。

（別介）你是何等之人，失腳在此？

（生）俺是讀書之人。

（末）委是讀書之人，待俺扶起你來。（末扶生，相跌，諢介）

（末）請問何方至此？

【風入松】（生）五羊城一葉過南韶，柳夢梅來獻寶。

（末）有何寶貨？

（生）我孤身取試長安道，犯嚴寒少衾單病了。沒揣的逗著斷橋溪道，險跌折柳郎腰。

（末）你自揣高中的，方可去受這等辛苦。

（生）不瞞說，小生是箇擎天柱，架海梁。

（末笑介）卻怎生凍折了擎天柱，撲倒了紫金梁？這也罷了，老夫頗諳醫理。邊近有梅花觀，權將息度歲而行。

【前腔】（末）尾生般抱柱正題橋，做倒地文星佳兆。論草包似俺堪調藥，暫將息梅花觀好。

（生）此去多遠？

（末指介）看一樹雪垂垂如笑，牆直上繡旛飄。

（生）這等望先生引進。

（生）三十無家作路人，薛據　（末）與君相見即相親。王維

（生）華陽洞裏仙壇上，白居易　（合）似近東風別有因。羅隱

第二十三齣　冥　判

【北點絳脣】（淨扮判官，丑扮鬼持筆、簿上）十地宣差，一天封拜。閻浮界，陽世栽埋，又把俺這裏門桯邁。

自家十地閻羅王殿下一箇胡判官是也。原有十位殿下，因陽世趙大郎家，和金達子爭占江山，損折眾生，十停去了一停，因此玉皇上帝，照見人民稀少，欽奉裁滅事例。九州九箇殿下，單減了俺十殿下之位，印無歸著。玉帝可憐見下官正直聰明，著權管十地獄印信。今日走馬到任，鬼卒夜叉，兩傍刀劍，非同容易也。

（丑捧筆介）新官到任，都要這筆判刑名，押花字。請新官喝采他一番。

（淨看筆介）鬼使，捧了這筆，好不干係也。

【混江龍】這筆架在那落迦山外，肉蓮花高聳案前排。捧的是功曹令史，識字當該。

（丑）筆管兒？

（淨）筆管兒是手想骨、腳想骨，竹筒般剉的圓滴溜。

（丑）筆毫？

（淨）筆毫呵，是牛頭鬚、夜叉髮，鐵絲兒揉定赤支毸。

（丑）判爺上的選哩？
（淨）這筆頭公，是遮須國選的人才。
（丑）有甚名號？
（淨）這管城子，在夜郎城受了封拜。
（丑）判爺興哩？
（淨作笑舞介）嘯一聲，支兀另漢鍾馗其冠不正。舞一回，疏喇沙斗河魁近墨者黑。
（丑）喜哩？
（淨）喜時節，渰河橋題筆兒耍去。
（丑）悶呵？
（淨）悶時節，鬼門關投筆歸來。
（丑）判爺可上榜來？
（淨）俺也曾考神祇，朔望旦名題天榜。
（丑）可會書來？
（淨）攝星辰，井鬼宿，俺可也文會書齋。
（丑）判爺高才。

（淨）做弗迭鬼仙才，白玉樓摩空作賊；陪得過風月主，芙蓉城遇晚書懷。便寫不盡四大洲轉輪日月，也差的著五瘟使號令風雷。
（丑）判爺見有地分？
（淨）有地分，則合北斗司、閻浮殿，立俺邊傍；沒衙門，卻怎生東嶽觀、城隍廟，也塑人左側。
（丑）讓誰？
（淨）便百里城高捧手，讓大菩薩好相莊嚴乘坐位。
（丑）惱誰？
（淨）怎三尺土，低分氣，對小鬼卒清奇古怪立基階。
（丑）紗帽古氣些。
（淨）但站腳，一管筆、一本簿，塵泥軒冕。
（丑）筆乾了。
（淨）要潤筆，十錠金、十貫鈔，紙陌錢財。
（丑）點鬼薄在此。
（淨）則見沒掂三展花分魚尾冊，無賞一挂日子虎頭牌。眞乃是鬼董狐落了款，《春秋傳》某年某月某日下，崩薨葬卒大注腳。假如他支祈獸上了樣，把禹王鼎各山各水各路上，魍魎魑魅細分腮。

（丑）待俺磨墨。

（淨）看他子時硯，忔忔察察，烏龍蘸眼顯精神。

（丑）雞唱了。

（淨）聽丁字牌，冬冬登登，金雞翦夢追魂魄。

（丑）稟爺點卷。

（淨）但點上格子眼，串出四萬八千三界，有漏人名，烏星砲粲。怎按下筆尖頭，插入一百四十二重無間地獄，鐵樹花開。

（丑）大押花。

（淨）哎也，押花字，止不過發落簿剉、燒、舂、磨一靈兒。

（丑）少一箇請字。

（淨）登請書，左則是那虛無堂，癱、癆、蠱、膈四正客。

（丑）弔起稱竿來。（眾卒應介）

（淨）髮稱竿，看業重身輕，衡石程書秦獄吏。（內作『哎喲』，叫『饒也，苦也』介）

（丑）隔壁九殿下拷鬼。

（淨）肉鼓吹，聽神啼鬼哭，毛鉗刀筆漢喬才。這時節呵，你便是沒關節包待制、『人厭其笑』。（內哭介）恁風景，誰聽的無棺槨顏修文、『子哭之哀』！

（丑）判爺害怕哩。

（淨惱介）哎，《樓炭經》，是俺六科五判。刀花樹，是俺九棘三槐。臉婁搜，風髯赳赳。眉剔豎，電目崖崖。少不得中書鬼考，錄事神差。比著陽世那金州判、銀府判、銅司判、鐵院判，白虎臨官，一樣價打貼刑名催伍作；實則俺陰府裏注濕生，牒化生，准胎生，照卵生，青蠅報赦，十分的磊齊功德轉三階。威凜凜人間掌命，顫巍巍天上消災。叫掌案的，這簿上開除都也明白。還有幾宗人犯，應該發落了？

（貼扮吏上）『人間勾命史，地下列功曹。』稟爺，因缺了殿下，地獄空虛三年。則有枉死城中輕罪男子四名，趙大、錢十五、孫心、李猴兒；女囚一名，杜麗娘：未經發落。

（淨）先取男犯四名。

（生、末、外、老旦扮四犯，丑押上）（丑）男犯帶到。

（淨點名介）趙大有何罪業，脫在枉死城？

（生）鬼犯沒甚罪。生前喜歌唱些。

（淨）一邊去。叫錢十五。

（末）鬼犯無罪。則是做了一箇小小房兒，沈香泥壁。

（淨）一邊去。叫孫心。

（老旦）鬼犯些小年紀，好使些花粉錢。

（淨）叫李猴兒。

（外）鬼犯是有些罪，好男風。

（丑）是眞。便在地獄裏，還勾上這小孫兒。

（淨惱介）誰叫你插嘴！起去伺候。（做寫薄介）叫鬼犯聽發落。（四犯同跪介）

（淨）俺初權印，且不用刑。赦你們卵生去罷。

（外）鬼犯們稟問恩爺，這箇卵是甚麼卵？若是回回卵，又生在邊方去了。

（淨）哇，還想人身？向蛋殼裏走去。

（四犯泣介）哎。被人宰了！

（淨）也罷，不教陽間宰喫你。趙大喜歌唱，貶做黃鶯兒。

（生）好了。做鶯鶯小姐去。

（淨）錢十五住香泥房子。也罷，准你去燕窠裏受用，做箇小小燕兒。

（末）恰好做飛燕娘娘哩。

（淨）孫心使花粉錢，做箇蝴蝶兒。

（外）鬼犯便和孫心同做蝴蝶去。

（淨）你是那好男風的李猴，著你做蜜蜂兒去，屁窟裏長拖一箇鍼。

（外）哎喲，叫俺釘誰去？

（淨）四位蟲兒聽分付。

【油葫蘆】蝴蝶呵，你粉版花衣勝翦裁；蜂兒呵，你忒利害，甜口兒咋著細腰捱；燕兒呵，斬香泥弄影鉤簾內；鶯兒呵，溜笙歌警夢紗窗外：恰好箇花間四友無拘礙。則陽世裏孩子們輕薄，怕彈珠兒打的呆，扇梢兒撲的壞，不枉了你宜題入畫高人愛，則教你翅挷兒展將春色鬧場來。

（外）俺做蜂兒的不來，再來釘腫你箇判官腦。

（淨）討打。

（外）可憐見小性命。

（淨）罷了。順風兒放去，快走快走。

（淨噀氣介）（四人做各色飛下）（淨做向鬼門噓氣吷聲介）

（丑帶旦上）『天台有路難逢俺，地獄無情欲恨誰？』女鬼見。

（淨擡頭背介）這女鬼到有幾分顏色！

【天下樂】猛見了蕩地驚天女俊才，哈也麼哈，來俺裏來。（旦叫苦介）（淨）血盆中叫苦觀自在。

（丑耳語介）判爺權收做箇後房夫人。

（淨）哇，有天條，擅用囚婦者斬。則你那小鬼頭胡亂篩，俺判官頭何處買？（旦叫哎介）

（淨回身）是不曾見他粉油頭忒弄色。叫那女鬼上來。

【那吒令】瞧了你潤風風粉腮，到花臺、酒臺？溜些些短釵，過歌臺、舞臺？笑微微美懷，住秦臺、楚臺？因甚的病患來？是誰家嫡支派？這顏色不像似在泉臺。

（旦）女因不曾過人家，也不曾飲酒，是這般顏色。則為在南安府後花園梅樹之下，夢見一秀才，折柳一枝，要奴題詠。留連婉轉，甚是多情。夢醒來沈吟，題詩一首：『他年若傍蟾宮客，不是梅邊是柳邊。』為此感傷，壞了一命。

（淨）謊也。世有一夢而亡之理？

【鵲踏枝】一溜溜女嬰孩，夢兒裏能寧耐！誰曾挂圓夢招牌，誰和你拆字道白？哈也麼哈，那秀才何在？夢魂中曾見誰來？
（旦）不曾見誰。則見朵花兒閃下來，好一驚。
（淨）喚取南安府後花園花神勘問。（丑叫介）
（末粉花神上）『紅雨數番春落魄，山香一曲女消魂。』老判大人請了。（舉手介）
（淨）花神，這女鬼說是花園一夢，為花飛驚閃而亡。可是？
（末）是也。他與秀才夢的綿纏，偶爾落花驚醒。這女子慕色而亡。
（淨）敢便是你花神假充秀才，迷誤人家女子？
（末）你說俺著甚迷他來？
（淨）你說俺陰司裏不知道呵！
【後庭花滾】但尋常春自在，恁司花忒弄乖。眨眼兒偷元氣、豔樓臺。克性子費春工、淹酒債。恰好九分態，你要做十分顏色。

數著你那胡弄的花色兒來。

（末）便數來。碧桃花。（淨）他惹天台。（末）紅梨花。（淨）扇妖怪。（末）金錢花。（淨）下的財。（末）繡毬花。（淨）結得綵。（末）芍藥花。（淨）心事諧。（末）木筆花。（淨）寫明白。（末）水菱花。（淨）宜鏡臺。（末）玉簪花。（淨）堪插戴。（末）薔薇花。（淨）露渲腮。（末）臘梅花。（淨）春點額。(末)剪春花。(淨)羅袂裁。(末)水仙花。(淨)把綾襪踹。(末)燈籠花。(淨)紅影篩。(末)酴醿花。(淨)春醉態。(末)金盞花。(淨)做合巹杯。(末)錦帶花。(淨)做裙褶帶。(末)合歡花。(淨)頭懶擡。(末)楊柳花。(淨)腰恁擺。(末)淩霄花。(淨)陽壯的咍。(末)辣椒花。(淨)把陰熱窄。(末)含笑花。(淨)情要來。(末)紅葵花。(淨)日得他愛。(末)女蘿花。(淨)纏的歪。(末)紫薇花。(淨)癢的怪。(末)宜男花。(淨)人美懷。(末)丁香花。(淨)結半躧。(末)荳蔻花。(淨)含著胎。(末)奶子花。(淨)摸著奶。(末)梔子花。(淨)知趣乖。(末)柰子花。(淨)恣情奈。(末)枳殼花。(淨)好處揩。(末)海棠花。(淨)春困怠。(末)孩兒花。(淨)呆笑孩。(末)姊妹花。(淨)偏妬色。(末)水紅花。(淨)了不開。(末)瑞香花。(淨)誰要採。(末)旱蓮花。(淨)憐再來。(末)石榴花。

(淨)可留得在?幾椿兒你自猜,哎,把天公無計策。你道爲甚麼流動了女裙釵,剗地裏牡丹亭又把他杜鵑花魂魄洒?

(末)這花色花樣,都是天公定下來的。小神不過遵奉欽依,豈有故意勾人之理?且看多少女色,那有玩花而亡。

(淨)你說自來女色,沒有玩花而亡。數你聽著。

【寄生草】花把青春賣，花生錦繡災。有一箇夜舒蓮扯不住留仙帶；一箇海棠絲翦不斷香囊怪；一箇瑞香風趕不上非煙在。你道花容那箇玩花亡？可不道你這花神罪業隨花敗。

（末）花神知罪，今後再不開花了。

（淨）花神，俺這裏已發落過花間四友，付你收管。這女囚慕色而亡，也貶在燕鶯隊裏去罷。

（末）稟老判，此女犯乃夢中之罪，如曉風殘月。且他父親爲官清正，單生一女，可以耽饒。

（淨）父親是何人？

（旦）父親杜寶知府，今陞淮揚總制之職。

（淨）千金小姐哩。也罷，杜老先生分上，當奏過天庭，再行議處。

（旦）就煩恩官替女犯查查，怎生有此傷感之事？

（淨）這事情註在斷腸簿上。

（旦）勞再查女犯的丈夫，還是姓柳姓梅？

（淨）取婚姻簿查來。

（作背查介）是。有箇柳夢梅，乃新科狀元也。妻杜麗娘，前係幽歡，後成明配。相會在紅梅觀中。不可泄漏。

（回介）有此人和你姻緣之分。我今放你出了枉死城，隨風游戲，跟尋此人。

（末）杜小姐，拜了老判。

（旦叩頭介）拜謝恩官，重生父母。則俺那爹娘在揚州，可能勾一見？

（淨）使得。

【么篇】他陽祿還長在，陰司數未該。禁煙花一種春無賴，近柳梅一處情無外。望椿萱一帶天無礙。則這水玻璃堆起望鄉臺，可哨見紙銅錢夜市揚州界？

花神，可引他望鄉臺隨意觀玩。

（旦隨末登臺，望揚州哭介）那是揚州，俺爹爹奶奶呵，待飛將去。

（末扯住介）還不是你去的時節。

（淨）下來聽分付。功曹給一紙遊魂路引去。花神休壞了他的肉身也。

（旦）謝恩官。

【賺尾】（淨）欲火近乾柴，且留的青山在，不可被雨打風吹日曬。則許你傍月依星將天地拜，一任你魂魄來回。脫了獄省的勾牌，接著活免的投胎。那花間四友你差排，叫鶯窺燕猜，倩蜂媒蝶採，敢守的那破棺

星圓夢那人來。（淨下）

（末）小姐回花園去來。

（末）醉斜烏帽髮如絲，許渾（旦）盡日靈風不滿旗。李商隱

（淨）年年檢點人間事，羅鄴（合）為待蕭何作判司。元稹

第二十四　拾　畫

【金瓏璁】（生上）驚春誰似我？客途中都不問其他。風吹綻蒲桃褐，雨淋殷杏子羅。今日晴和，晒衾單兀自有殘雲涴。

『脈脈梨花春院香，一年愁事費商量。不知柳思能多少？打疊腰肢鬥沈郎。』

小生臥病梅花觀中，喜得陳友知醫，調理痊可。則這幾日間春懷鬱悶，何處忘憂？早是老姑姑到也。

【一落索】（淨上）無奈女冠何，識的書生破。知他何處夢兒多？每日價欠伸千箇。

秀才安穩！

（生）日來病患較些，悶坐不過。偌大梅花觀，少甚園亭消遣。

（淨）此後有花園一座，雖然亭榭荒蕪，頗有閒花點綴。則留散悶，不許傷心。

（生）怎的得傷心也！

（淨作歎介）是這般說。你自去遊便了。從西廊轉畫牆而去，百步之外，便是籬門。三里之遙，都爲池館。你盡情玩賞，竟日消停，不索老身陪去也。『各園隨客到，幽恨少人知。』（下）

（生）既有後花園，就此迤逗而去。

（行介）這是西廊下了。

（行介）好箇葱翠的籬門，倒了半架。（歎介）

【集唐】『憑闌仍是玉闌干 王初，四面牆垣不忍看 張隱。想得當時好風月 韋莊，萬條煙罩一時乾 李山甫。』

（到介）呀，偌大一箇園子也。

【好事近】則見風月暗消磨，畫牆西正南側左。（跌介）蒼苔滑擦，倚逗著斷垣低垛，因何蝴蝶門兒落合？原來以前遊客頗盛，題名在竹林之上。客來過，年月偏多，刻畫盡琅玕千箇。咳，早則是寒花遶砌，荒草成窠。

怪哉，一箇梅花觀，女冠之流，怎起的這座大園子？好疑惑也。便是這灣流水呵！

【錦纏道】門兒鎖，放著這武陵源一座。恁好處教頹墮！斷煙中見水閣摧殘，畫船抛躲，冷鞦韆尚挂下裙拖。又不是曾經兵火，似這般狼籍呵，敢斷腸人遠、傷心事多？待不關情麼，恰湖山石畔留著你打磨陀。

好一座山子哩。（窺介）呀，就裏一箇小匣兒。待把左側一峰靠著，看是何物？

（作石倒介）呀，是箇檀香匣兒。

（開匣看畫介）呀，一幅觀世音喜相。善哉，善哉！待小生捧到書館，頂禮供養，強如埋在此中。

【千秋歲】（捧匣回介）小嵯峨，壓的旃檀合，便做了好相觀音俏樓閣。片石峰前，那片石峰前，多則是飛來石，三生因果，請將去鑪煙上過，頭納地，添燈火，照的他慈悲我。俺這裏盡情供養，他於意云何？

（到介）到了觀中，且安置閣兒上，擇日展禮。

（淨上）柳相公多早了！

【尾聲】（生）姑姑，一生為客恨情多，過冷澹園林日午矬。老姑姑，你道不許傷心，你爲俺再尋一箇定不傷心何處可。

（生）僻居雖愛近林泉，伍喬　（淨）早是傷春夢雨天。韋莊

（生）何處邈將歸畫府？譚用之　（合）三峰花半碧堂懸。錢起

第二十五齣　憶　女

【玩仙燈】（貼上）覩物懷人，人去物華銷盡。道的箇『仙果難成，名花易隕』。（歎介）恨蘭昌殉葬無因，收拾起燭灰香燼。

自家杜府春香是也。跟隨公相夫人到揚州。小姐去世，將次三年。俺看老夫人那一日不作念，那一日不悲啼。縱然老公相暫時寬解，怎散眞愁？莫說老夫人，便是俺春香想起小姐平常恩養，病裏言詞，好不傷心也。今乃小姐生忌之辰，老夫人分付香燈，遙望南安澆奠。早已安排。夫人，有請。

【前腔】（老旦上）地老天昏，沒處把老娘安頓。思量起舉目無親，招魂有盡。（哭介）我的麗娘兒也！在天涯老命難存，割斷的肝腸寸寸。

〔蘇幕遮〕『嶺雲沈，關樹杳。（貼）春思無憑，斷送人年少。（老旦）子母千迴腸斷繞。繡夾書囊，尚帶餘香裊。（貼）瑞煙清，銀燭皎。（老旦）繡佛靈辰，血淚風前禱。（哭介）（合）萬里招魂魂可到？則願的人天淨處超生早。』

（老旦）春香，自從小姐亡過，俺皮骨空存，肝腸痛盡。但見他讀殘書本，繡罷花枝，斷粉零香，餘簪棄履，觸處無非淚眼，見之總是傷心。算來一去三年，又是生辰之日。心香奉佛，淚燭澆天。分付安排，想已齊備。

（貼）夫人，就此望空頂禮。（老旦拜介）

【集唐】『微香冉冉淚涓涓 李商隱。酒滴灰香似去年 陸龜蒙。四尺孤墳何處是 許渾？南方歸去再生天 沈佺期。』

杜安撫之妻甄氏，敬爲亡女生辰，頂禮佛爺。願得杜麗娘皈依佛力，早早生天。

（起介）春香，禱告了佛爺，不免將此茶飯，澆奠小姐。

【香羅帶】（老旦）麗娘何處墳？問天難問。夢中相見得眼兒昏，則聽的叫娘的聲和韻也，驚跳起，猛回身，則見陰風幾陣殘燈暈。（哭介）俺的麗娘人兒也，你怎抛下的萬里無兒白髮親！

【前腔】（貼拜介）名香叩玉真，受恩無盡，賞春香還是你舊羅裙。（起介）小姐臨去之時，分付春香，長叫喚一聲。今日叫他，『小姐，小姐呵』，叫的一聲聲小姐可曾聞也？（老旦、貼哭介）（合）想他那情切，那傷神，恨天天生割斷俺娘兒直恁忍！（貼回介）俺的小姐人兒也，你可還向舊宅裏重生何處身？

（貼跪介）稟老夫人，人到中年，不堪哀毀。小姐難以生易死，夫人無以死傷生。且自調養尊年，與老相公同享富貴。

（老旦哭介）春香，你可知老相公年來因少男兒，常有娶小之意？止因小姐承歡膝下，百事因循。如今小姐喪亡，家門無托。俺與老相公悶懷相對，何以爲情？天呵！

（貼）老夫人，春香愚不諫賢，依夫人所言，既然老相公有娶小之意，不如順他，收下一房，生子爲便。

（老旦）春香，你見人家庶出之子，可如親生？

（貼）春香但蒙夫人收養，尚且非親是親，夫人肯將庶出看成，豈不無子有子？

（老旦）好話，好話。

（老）曾伴殘蛾到女兒，徐凝　（貼）白楊今日幾人悲。杜甫

（老）須知此恨消難得，溫庭筠　（合）淚滴寒塘蕙草時。廉氏

第二十六齣　玩真

（生上）『芭蕉葉上雨難留，芍藥梢頭風欲收。畫意無明偏著眼，春光有路暗擡頭。』

小生客中孤悶，閒遊後園。湖山之下，拾得一軸小畫，似是觀音大士，寶匣莊嚴。風雨淹旬，未能展視。且喜今日晴和，瞻禮一會。（開匣，展畫介）

【黃鶯兒】秋影掛銀河，展天身，自在波。諸般好相能停妥。他真身在補陀，咱海南人遇他。（想介）甚威光不上蓮花座？再延俄，怎湘裙直下一對小淩波？

是觀音，怎一對小腳兒？待俺端詳一會。

【二郎神慢】些兒箇，畫圖中影兒則度。著了，敢誰書館中弔下幅小嫦娥，畫的這傳停倭妥。是嫦娥，一發該頂戴了。問嫦娥折桂人有我？可是嫦娥，怎影兒外沒半朵祥雲托？樹皴兒又不似桂叢花瑣？不是觀音，又不是嫦娥，人間那得有此？成驚愕，似曾相識，向俺心頭摸。待俺瞧，是畫工臨的，還是美人自手描的？

【鶯啼序】問丹青何處嬌娥，片月影光生豪末？似恁般一箇人兒，早

牡丹亭　第二十六齣　玩真

見了百花低躲。總天然意態難模，誰近得把春雲淡破？想來畫工怎能到此！多敢他自己能描會脫。

且住，細觀他幀首之上，小字數行。（看介）呀，原來絕句一首。（念介）『近覩分明似儼然，遠觀自在若飛仙。他年得傍蟾宮客，不在梅邊在柳邊。』呀，此乃人間女子行樂圖也。何言『不在梅邊在柳邊』？奇哉怪事哩！

【集賢賓】望關山梅嶺天一抹，怎知俺柳夢梅過？得傍蟾宮知怎麼？待喜呵，端詳停和，俺姓名兒直麼費嫦娥定奪？打麼訶，敢則是夢魂中真箇。好不回盼小生！

【黃鶯兒】空影落纖娥，動春蕉，散綺羅。春心只在眉間鎖，春山翠拖，春煙淡和。相看四目誰輕可！恁橫波、來迴顧影不住的眼兒睃。

卻怎半枝青梅在手，活似提掇小生一般？

【啼鶯序】他青梅在手詩細哦，逗春心一點蹉跎。小生待畫餅充饑，小姐似望梅止渴。小姐，小姐，未曾開半點么荷，含笑處朱脣淡抹，韻情多。如愁欲語，只少口氣兒呵。

小娘子畫似崔徽，詩如蘇蕙，行書逼眞衛夫人。小子雖則典雅，怎到得這小娘子！驀地相逢，不免步韻一首。

（題介）『丹青妙處卻天然，不是天仙即地仙。欲傍蟾宮人近遠，恰些春在柳梅邊。』

【簇御林】他能綽斡，會寫作。秀入江山人唱和。待小生很很叫他幾聲：『美人，美人！姐姐，姐姐！』向真真啼血你知麼？叫的你噴嚏似天花唾。動淩波，盈盈欲下——不見影兒那。

咳，俺孤單在此，少不得將小娘子畫像，早晚玩之、拜之、叫之、贊之。

【尾聲】拾的箇人兒先慶賀，敢柳和梅有些瓜葛？小姐小姐，則被你有影無形看殺我。

不須一向恨丹青，白居易　堪把長懸在户庭。伍喬

惆悵題詩柳中隱，司空圖　添成春醉轉難醒。章碣

第二十七齣　魂遊

【挂真兒】（淨扮石道姑上）臺殿重重春色上。碧雕闌映帶銀塘。撲地香騰，歸天磬響。細展度人經藏。

〔集唐〕『幾年紅粉委黃泥　雍裕之，十二峰頭月欲低　李涉。折得玫瑰花一朵　李建勛，東風吹上窈娘隄　羅虬。』

俺老道姑看守杜小姐墳庵，三年之上。擇取吉日，替他開設道場，超生玉界。早已門外豎立招旛，看有何人來到。

【太平令】（貼扮小道姑，丑扮徒弟上）嶺路江鄉，一片彩雲扶月上。羽衣青鳥閒來往。

（丑）天晚，梅花觀歇了罷。

（貼）南枝外有鵲鑪香。小道姑乃韶陽郡碧雲庵主是也，遊方到此。見他莊嚴旛引，榜示道場，恰好登壇，共成好事。（見介）

〔集唐〕（貼）『大羅天上柳煙含　魚玄機，

（淨）你毛節朱旛倚石龕　王維。

（貼）見向溪山求住處　韓愈，

（淨）好哩，你半垂檀袖學通參女光。』小姑姑從何而至？

（貼）從韶陽郡來，暫此借宿。

（淨）東頭房兒，有箇嶺南柳相公養病。則下廂房可矣。

（貼）多謝了。敢問今夕道場，爲何而設？

（淨歎介）則爲『杜衙小姐去三年，待與招魂上九天。』

（貼）這等呵！『清醮壇場今夜好，敢將香火助眞仙。』

（淨）這等卻好。

（內鳴鐘鼓介）（眾）請老師父拈香。

（淨）南斗注生眞妃，東嶽受生夫人殿下。（拈香拜介）

【孝南歌】鑽新火，點妙香。虔誠為因杜麗娘。（眾拜介）香靄繡旛幢，細樂風微颺。仙眞呵，威光無量，把一點香魂，早度人天上。怕未盡凡心，他再作人身想。做兒郎，做女郎，願他永成雙。再休似少年亡。

（淨）想起小姐生前愛花而亡，今日折得殘梅，安在淨瓶供養。（拜神主介）

【前腔】瓶兒淨，春凍陽。殘梅半枝紅蠟裝。小姐呵，你香夢與誰行？精神忒孤往！

（眾）老師兄，你說淨瓶像什麼，殘梅像什麼？

（淨）這瓶兒空像，世界包藏。身似殘梅樣，有水無根，尚作餘香想。

（眾）小姐，你受此供呵，教你肌骨涼，魂魄香。肯回陽，再住這梅花帳？

（內風響介）（淨）奇哉怪哉，冷窣窣一陣風打旋也。

（內鳴鐘介）（眾）這晚齋時分，且喫了齋，收拾道場。正是：『曉鏡拋殘無定色，晚鐘敲斷步虛聲。』（眾下）

【水紅花】（魂旦作鬼聲，掩袖上）則下得望鄉臺如夢俏魂靈，夜熒熒、墓門人靜。（內犬吠，旦驚介）原來是賺花陰小犬吠春星。冷冥冥，梨花春影。呀，轉過牡丹亭、芍藥闌，都荒廢盡。爹娘去了三年也。（泣介）傷感煞斷垣荒逕。望中何處也？鬼燈青。（聽介）兀的有人聲也囉。

〔添字昭君怨〕『昔日千金小姐，今日水流花謝。這淹淹惜惜杜陵花，太虧他。生性獨行無那，此夜星前一箇。生生死死為情多。奈情何！』

奴家杜麗娘女魂是也。只爲癡情慕色，一夢而亡。湊的十地閻君奉旨裁革，無人發遣，女監三年。喜遇老判，哀憐放假。趁此月明風細，隨喜一番。呀，這是書齋後園，怎做了梅花菴觀？好傷感人也。

【小桃紅】咱一似斷腸人和夢醉初醒。誰償咱殘生命也。雖則鬼叢中姊妹不同行，窣地的把羅衣整。這影隨形，風沈露，雲暗斗，月勾星，都是我魂遊境也。到的這花影初更，（內作丁冬聲，旦驚介）一霎價心兒瘆，原來是弄風鈴臺殿冬丁。好一陣香也。

【下山虎】我則見香煙隱隱，燈火熒熒。呀，鋪了些雲霞橙，不由人打箇𧄍掙。是那位神靈，原來是東嶽夫人，南斗眞妃。（作稽首介）仙眞仙眞，杜麗娘鬼魂稽首。魆魆地投明證明，好替俺朗朗的超生注生。

再看這青詞上，原來就是石道姑在此住持。一壇齋意，度俺生天。道姑道姑，我可也生受你呵。再瞧這淨瓶中，咳，便是俺那塚上殘梅哩。梅花呵，似俺杜麗娘半開而謝，好傷情也。則爲這斷鼓零鐘金字經，叩動俺黃粱境。俺向這地圻裏梅根迸幾程，透出些兒影。（泣介）姑姑們這般至誠，若不留些蹤影，怎顯的俺鑒知他，就將梅花散在經臺之上。（撒花介）抵甚麼一點香銷萬點情。

想起爹娘何處，春香何處也？呀，那邊廂有沈吟叫喚之聲，聽怎來？

（內叫介）俺的姐姐呵！俺的美人呵！

（旦驚介）誰叫誰也？再聽。（內又叫介）（旦歎介）

【醉歸遲】生和死，孤寒命。有情人叫不出情人應。爲什麼不唱出你可人名姓？似俺孤魂獨趁，待誰來叫喚俺一聲。不分明，無倒斷，再消停。（內又叫介）

（旦）咳，敢邊廂甚麼書生，睡夢裏語言胡哩？

【黑蝴令】不由俺無情有情，湊著叫的人三聲兩聲，冷惺忪紅淚飄零。呀，怕不是夢人兒梅卿柳卿？俺記著這花亭水亭，趁的這風清月清。則這鬼宿前程，盼得上三星、四星？

待即行尋趁，奈斗轉參橫，不敢久停呵！

【尾聲】為甚麼閃搖搖春殿燈？（內叫介）殿上響動。（丑虛上望介）（又作風起介）（旦）一弄兒繡旛飄迥，則這幾點落花風是俺杜麗娘身後影。（旦作鬼聲下）

（丑打照面，驚叫介）師父們，快來，快來！

（淨、貼驚上）怎生大驚小怪？

（丑）則這燈影熒煌，躲著瞧時，見一位女神仙，袖拂花旛，一閃而去。怕也，怕也！

（淨）怎生模樣？

（丑打手勢介）這多高，這多大，俊臉兒，翠翹金鳳，紅裙綠襖，環珮玎璫，敢是眞仙下降？

（淨）咳，這便是杜小姐生時樣子。敢是他有靈活現。

（貼）呀，你看經臺之上，亂糝梅花，奇也，異也！大家再祝讚他一番。

【憶多嬌】（眾）風滅了香，月到廊。閃閃屍屍魂影兒涼。花落在春宵情易傷。願你早度天堂，早度天堂，免留滯他鄉故鄉。

（貼）敢問杜小姐爲何病亡？以何緣故而來出現？

【尾聲】（淨）休驚恍，免問當。收拾起樂器經堂。你聽波，兀的冷窣窣珮環風還在迴廊那邊響。

（淨）心知不敢輒形相，曹唐　（貼）欲話因緣恐斷腸。天竺牧童

（丑）若使春風會人意，羅鄴　（合）也應知有杜蘭香。羅虬

第二十八齣　幽媾

【夜行船】（生上）瞥下天仙何處也？影空濛似月籠沙。有恨徘徊，無言窨約。早是夕陽西下。

『一片紅雲下太清，如花巧笑玉娉婷。憑誰畫出生香面？對俺偏含不語情。』

小生自遇春容，日夜想念。這更闌時節，破些工夫，吟其珠玉，玩其精神。儻然夢裏相親，也當春風一度。

（展畫玩介）呀，你看美人呵，神含欲語，眼注微波。眞乃『落霞與孤鶩齊飛，秋水共長天一色』。

【香徧滿】晚風吹下，武陵溪邊一縷霞，出落箇人兒風韻殺。淨無瑕，明窗新絳紗。丹青小畫，又把一幅肝腸掛。

小姐小姐，則被你想殺俺也。

【懶畫眉】輕輕怯怯一箇女嬌娃，楚楚臻臻像箇宰相衙。想他春心無那對菱花，含情自把春容畫，可想到有箇拾翠人兒也逗著他？

【二犯梧桐樹】他飛來似月華，俺拾的愁天大。常時夜夜對月而眠，這幾夜呵，幽佳，嬋娟隱映的光輝殺。教俺迷留沒亂的心嘈雜，無夜無明

快著他，若不爲擎奇怕涴的丹青亞，待抱著你影兒橫榻。想來小生定是有緣也。再將他詩句朗誦一番。（念詩介）

【浣沙溪】拈詩話，對會家。柳和梅有分兒些。他春心迸出湖山罅，飛上煙綃萼綠華，則是禮拜他便了。（拈香拜介）傒倖殺，對他臉暈眉痕心上掐，有情人不在天涯。

小生客居，怎勾姐姐風月中片時相會也。

【劉潑帽】恨單條不惹的雙魂化，做箇畫屏中倚玉蒹葭。小姐呵，你耳朵兒雲鬢月侵芽，可知他一些些都聽的俺傷情話？

【秋夜月】堪笑咱，説的來如戲耍。他海天秋月雲端掛，煙空翠影遙山抹。只許他伴人清暇，怎教人佻達。

【東甌令】俺如念咒，似説法。石也要點頭，天雨花。怎虔誠不降的仙娥下？是不肯輕行踏。（內作風起，生按住畫介）待留仙怕殺風兒刮，粘嵌著錦邊牙。怕刮損他，再尋箇高手臨他一幅兒。

【金蓮子】閒嘖牙，怎能勾他威光水月生臨榻？怕有處相逢他自家，則問他許多情，與春風畫意再無差。再把燈剔起細看他一會。（照介）

【隔尾】敢人世上似這天真多則假。（內作風吹燈介）（生）好一陣冷風襲人也。險些兒誤丹青風影落燈花。罷了，則索睡掩紗窗去夢他。（打睡介）（魂旦上）『泉下長眠夢不成。一生餘得許多情。魂隨月下丹青引，人在風前歎息聲。』

妾身杜麗娘鬼魂是也。爲花園一夢，想念而終。當時自畫春容，埋於太湖石下。題有『他年得傍蟾宮客，不在梅邊在柳邊』。誰想魂遊觀中幾晚，聽見東房之內，一箇書生高聲低叫：『俺的姐姐，俺的美人。』那聲音哀楚，動俺心魂。悄然驀入他房中，則見高掛起一軸小畫。細玩之，便是奴家遺下春容。後面和詩一首，觀其名字，則嶺南柳夢梅也。梅邊柳邊，豈非前定乎！因而告過了冥府判君，趁此良宵，完其前夢。想起來好苦也。

【朝天懶】怕的是粉冷香銷泣絳紗，又到的高唐館玩月華。猛回頭羞颯髻兒鬖，自擎拏。呀，前面是他房頭了。怕桃源路徑行來詫，再得俄旋試認他。（生睡中念詩介）『他年若傍蟾宮客，不在梅邊在柳邊。』我的姐姐呵。（旦）（聽打悲介）

【前腔】是他叫喚的傷情咱淚雨麻，把我殘詩句沒爭差。難道還未睡呵？（瞧介）（生又叫介）（旦）他原來睡屏中作念猛嗟牙。省諠譁，我待敲彈翠竹窗櫳下。（生作驚醒，叫『姐姐』介）（旦悲介）待展香魂去近他。
（生）呀，戶外敲竹之聲，是風是人？
（旦）有人。
（生）這咱時節有人，敢是老姑姑送茶來？免勞了。
（旦）不是。
（生）敢是遊方的小姑姑麼？
（旦）不是。
（生）好怪，好怪，又不是小姑姑。再有誰？待我啓門而看。（生開門看介）
【玩仙燈】呀，何處一嬌娃，豔非常使人驚詫。（旦作笑閃入）（生急掩門）
（旦斂衽整容見介）秀才萬福。
（生）小娘子到來，敢問尊前何處，因何夤夜至此？
（旦）秀才，你猜來。
【紅衲襖】（生）莫不是莽張騫犯了你星漢槎，莫不是小梁清夜走天曹罰？
（旦）這都是天上仙人，怎得到此。
（生）是人家彩鳳暗隨鴉？（旦搖頭介）
（生）敢甚處裏綠楊曾繫馬？

（旦）不曾一面。

（生）若不是認陶潛眼挫的花，敢則是走臨邛道數兒差？

（旦）非差。

（生）想是求燈的？可是你夜行無燭也，因此上待要紅袖分燈向碧紗？

【前腔】（旦）俺不爲度仙香空散花，也不爲讀書燈閒濡蠟。俺不似趙飛卿舊有瑕，也不似卓文君新守寡。秀才呵，你也曾隨蝶夢迷花下。

（生想介）是當初曾夢來。

（旦）俺因此上弄鶯簧赴柳衙，若問俺妝臺何處也，不遠哩，剛則在宋玉東鄰第幾家。

（生作想介）是了。曾後花園轉西，夕陽時節，見小娘子走動哩。

（旦）便是了。

（生）家下有誰？

【宜春令】（旦）斜陽外，芳草涯，再無人有伶仃的爹媽。奴年二八，沒包彈風藏葉裏花。為春歸惹動嗟呀，瞥見你風神俊雅。無他，待和你翦燭臨風，西窗閒話。

（生背介）奇哉，奇哉，人間有此豔色！夜半無故而遇明月之珠，怎生發付！

【前腔】他驚人豔，絕世佳。閃一笑風流銀蠟。月明如乍，問今夕何年星漢槎？金釵客寒夜來家，玉天仙人間下榻。（背介）知他，知他是甚宅眷的孩兒，這迎門調法？待小生再問他。

（回介）小娘子夤夜下顧小生，敢是夢也？

（旦笑介）不是夢，當眞哩。還怕秀才未肯容納。

（生）則怕未眞。果然美人見愛，小生喜出望外。何敢卻乎？

（旦）這等眞箇盼著你了。

【耍鮑老】幽谷寒涯，你為俺催花連夜發。俺全然未嫁，你箇中知察，拘惜的好人家。牡丹亭，嬌恰恰；湖山畔，羞答答；讀書窗，淅喇喇。良夜省陪茶，清風明月知無價。

【滴滴金】（生）俺驚魂化，睡醒時涼月些些。陡地榮華，敢則是夢中巫峽？虧殺你走花陰不害些兒怕，點蒼苔不溜些兒滑，背萱親不受些些兒嚇，認書生不著些兒差。你看斗兒斜，花兒亞，如此夜深花睡罷。笑咖咖，吟哈哈，風月無加。把他豔軟香嬌做意兒耍，下的虧他？便虧他則半霎。

（旦）妾有一言相懇，望郎恕罪。

（生笑介）賢卿有話，但說無妨。

（旦）妾千金之軀，一旦付與郎矣，勿負奴心。每夜得共枕席，平生之願足矣。

（生笑介）賢卿有心戀於小生，小生豈敢忘於賢卿乎？

（旦）還有一言。未至雞鳴，放奴回去。秀才休送，以避曉風。

（生）這都領命。只問姐姐貴姓芳名？

【意不盡】（旦歎介）少不得花有根元玉有芽，待說時惹的風聲大。

（生）以後准望賢卿逐夜而來。

（旦）秀才，且和俺點勘春風這第一花。

（生）浩態狂香昔未逢，韓愈　（旦）月斜樓上五更鐘。李商隱

（旦）朝雲夜入無行處，李白　（生）神女知來第幾峰？張子容

第二十九齣　旁疑

【步步嬌】（淨扮老道姑上）女冠兒生來出家相。無對向、沒生長。守著三清像，換水添香，鐘鳴鼓響。赤緊的是那走方娘，弄虛花扯閒帳？

『世事難拚一箇信，人情常帶三分疑。』杜老爺爲小姐創下這座梅花觀，著俺看守三年。水清石見，無半點瑕疵。止因陳教授老狗，引下箇嶺南柳秀才，東房養病。前幾日到後花園回來，悠悠漾漾的，著鬼著魅一般，俺已疑惑了。湊著箇韶陽小道姑，年方念八，頗有風情，到此雲遊，幾日不去。夜來柳秀才房裏，唧唧噥噥，聽的似女兒聲息。敢是小道姑瞞著我去瞧那秀才，秀才逆來順受了。俺且待他來，打覷他一番。

【前腔】（貼扮小道姑上）俺女冠兒俏的仙真樣。論舉止都停當，則一點情拋漾。步斗風前，吹笙月上。（歎介）古來仙女定成雙，恁生來寒乞相？

（見介）

（貼）『常無欲以觀其妙，（淨）常有欲以觀其竅。』小姑姑你昨夜遊方，遊到柳秀才房兒裏去。是竅，是妙？

（貼）老姑姑這話怎的起？誰曾見來？

（淨）俺見來。

【剔銀燈】你出家人芙蓉淡妝，翦一片湘雲鶴氅。玉冠兒斜插笑生香，出落的十分情況。斟量，敢則向書生夜窗，迤逗的幽輝半床？

（貼）向那箇書生？老姑姑這話敢不中哩。

【前腔】俺雖然年青試妝，洗凡心冰壺月朗。你怎生剝落的人輕相？比似你半老的佳人停當！

（淨）倒栽起俺來。

（貼）你端詳，這女貞觀傍，可放著箇書生話長？

（淨）哎也，難道俺與書生有帳！這梅花觀，你是雲遊道婆，他是雲遊秀才，你住的，偏他住不的？則是往常秀才夜靜高眠，則你到觀中，那秀才夜半開門，唧唧噥噥的。不共你說話，共誰來？扯你道錄司告去。（扯介）

（貼）便去。你將前官香火院，停宿外方遊棍。難道偏放過你？（扯介）

【一封書】（末上）閒步白雲除，問柳先生何處居？扣梅花院主。（見扯介）呀，怎兩箇姑姑爭施主？玄牝同門道可道，怎不韞櫝而藏姑待姑？俺知道你是大姑他是小姑，嫁的箇彭郎港口無？

（淨）先生不知。聽的柳秀才半夜開門，不住的唧噥。俺好意兒問這小姑：『敢是你共柳秀才講話哩？』這小姑則答應著『誰共秀才講話來』，便罷；倒嘴骨弄的說俺養著箇秀才。陳先生，憑你說，誰引這秀才來？扯他道錄司明白去。俺是石的。

（貼）難道俺是水的？

（末）禁聲，壞了柳秀才體面。俺勸你，

【前腔】教你姑徐徐。撒月招風實也虛？早則是者也之乎，那柳下先生君子儒，到道錄司牒你去俗還俗，敢儒流們笑你姑不姑。

（貼）正是不雅相。

（末）好把冠子兒扶水雲梳，裂了這仙衣四五銖。

（淨）便依說，開手罷。陳先生喫箇齋去。

（末）待柳秀才在時又來。

【尾聲】清絕處，再踟躇。（淚介）咳，糝東風窮淚撲疏疏。道姑，杜小姐墳兒可上去？（淨）雨哩。（末歎介）則恨的鎖春寒這幾點杜鵑花下雨。（下）

（淨、貼弔場）（淨）陳老兒去了。小姑姑好嘛。

（貼）和你再打聽誰和秀才說話來。

（淨）煙水何曾息世機！溫庭筠　（貼）高情雅淡世間稀。劉禹錫

（淨）隴山鸚鵡能言語，岑參　（貼）亂向金籠說是非。僧子蘭

第三十齣　歡撓

【搗練子】（生上）聽漏下半更多，月影向中那。恁時節夜香燒罷麼？

『一點猩紅一點金，十箇春纖十箇針。只因世上美人面，改盡人間君子心。』

俺柳夢梅是箇讀書君子，一味志誠。止因北上南安，湊著東鄰西子。嫣然一笑，遂成暮雨之來；未是五更，便逐曉風而去。今宵有約，未知遲早。正是：『金蓮若肯移三寸，銀燭先教刻五分。』則一件，姐姐若到，要精神對付他。偷盹一會，有何不可。（睡介）

【稱人心】（魂旦上）冥途掙挫，要死卻心兒無那。也則為俺那人兒忒可，教他悶房頭守著閒燈火。（入門介）呀，他端然睡瞌，恁春寒也不把繡衾來摸。多應他祇候著我。待叫醒他。秀才，秀才！

（生醒介）姐姐，失敬也。（起揖介）

（生）待整衣羅，遠遠相迎箇。這二更天風露多，還則怕夜深花睡麼？

（旦）秀才，俺那裏長夜好難過，纔著你無眠清坐。

（生）姐姐，你來的腳蹤兒恁輕，是怎的？

【集唐】『（旦）自然無跡又無塵　朱慶餘，（生）白日思夜夢頻　令狐楚。（旦）行到窗前知

未寢 無名氏，（生）一心惟待月夫人 皮日休。』姐姐，今夜來的遲些。

【繡帶兒】（旦）鎮消停，不是俺閒情忒慢俄。那些兒忘卻俺歡哥。夜香殘，迴避了尊親。繡床偎收拾起生活，停脫。順風兒斜將金佩拖，緊摘離百忙的淡妝明抹。

（生）費你高情，則良夜無酒奈何？

（旦）都忘了。俺攜酒一壺，花果二色，在楯欄之上，取來消遣。

（旦取酒、果、花上）（生）生受了。是甚果？

（旦）青梅數粒。

（生）這花？

（旦）美人蕉。

（生）梅子酸似俺秀才，蕉花紅似俺姐姐。串飲一杯。（共杯飲介）

【白練序】（旦）金荷、斟香糯。（生）你醞釀春心玉液波。拚微酡，東風外翠香紅醱。

（旦）也摘不下奇花果，這一點蕉花和梅豆呵，君知麼，愛的人全風韻，花有根科。

【醉太平】（生）細哦，這子兒、花朵，似美人憔悴，酸子情多。喜蕉心暗展，一夜梅犀點污。如何？酒潮微暈笑生渦。待嚬著臉恣情的嗚嘬，些兒箇，翠偃了情波，潤紅蕉點，香生梅唾。

【白練序】（旦）活潑、死騰那，這是第一所人間風月窩。昨宵箇微芒暗影輕羅，把勢兒忒顯豁。爲甚麼人到幽期話轉多？（生）好睡也。（旦）好月也。消停坐，不妒色嫦娥，和俺人三箇。

【醉太平】（生）無多，花影阿那。勸奴奴睡也，睡也奴哥。春宵美滿，一霎暮鐘敲破。嬌娥、似前宵雨雲羞怯顫聲訛，敢今夜翠顰輕可。睡則那，把膩乳微搓，酥胸汗帖，細腰春鎖。

（淨、貼悄上）（貼）『道可道，可知道？名可名，可聞名？』（生、旦笑介）

（貼）老姑姑，你聽秀才房裏有人。這不是俺小姑姑了。

（淨作聽介）是女人聲，快敲門去。（敲門介）

（生）是誰？

（淨）老道姑送茶。

（生）夜深了。

（淨）相公房裏有客哩。

（生）沒有。

（淨）女客哩。

（生、旦慌介）怎好？

（淨急敲門介）相公，快開門。地方巡警，免的聲揚哩。

（生慌介）怎了，怎了！

（旦笑介）不妨，俺是鄰家女子，道姑不肯干休時，便與他一箇勾引的罪名兒。

【隔尾】便開呵須撒和，隔紗窗怎守的到參兒趖！柳郎，則管鬆了門兒。俺影著這一幅美人圖那邊躲。

（生開門，旦作躲，生將身遮旦，淨、貼闖進笑介）喜也。

（生）什麼喜？（淨前看，生身攔介）

【滾遍】（淨、貼）這更天一點鑼，仙院重門闔。何處嫦娥？怕惹的乾柴火。（生）你便打睃，有甚著科？是床兒裏窩？箱兒裏那？袖兒裏閣？

（淨、貼向前，生攔不住，內作風起，旦閃下介）

（生）昏了燈也。

（淨）分明一箇影兒，只這軸美女圖在此。古畫成精了麼？

【前腔】畫屏人踏歌，曾許你書生和。不是妖魔，甚影兒望風躲？相公，這是什麼畫？（生）妙娑婆，秀才家隨行的香火。俺寂靜裏暗祈求，你莽吆喝。

（淨）是了。不說不知，俺前晚聽見相公房內啾啾唧唧，疑惑是這小姑姑。俺如今明白了。相公，權留小姑姑伴話。

（生）請了。

【尾聲】（貼）動不動道錄司官了私和。（生）則欺負俺不分外的書生欺別箇！姑姑，這多半覺美鼾鼾，則被你奚落殺了我。（淨、貼下）

（生笑介）一天好事，兩箇瓦剌姑。掃興，掃興。那美人呵，好喫驚也！

應陪秉燭夜深遊，曹松　惱亂春風卒未休。羅隱

大姑山遠小姑山，顧況　更憑飛夢到瀛洲。胡宿

第三十一齣 繕備

【番卜算】（貼扮文官，淨扮武官上）邊海一邊江，隔不斷胡塵漲。維揚新築兩城牆，釃酒臨江上。

請了。俺們揚州府文武官僚是也。安撫杜老大人，爲因李全騷擾地方，加築外羅城一座。今日落成開宴，杜老大人早到也。

【前腔】（眾擁外上）三千客兩行，百二關重壯。（文武迎介）（外）維揚風景世無雙，直上層樓望。（見介）（眾）『北門臥護要耆英。（外）恨少胸中十萬兵。（眾）天借金山爲底柱。（外）身當鐵甕作長城。』揚州表裏重城，不日成就。皆文武諸公士民之力。

（眾）此皆老安撫遠略奇謀。屬官竊在下風，敢獻一杯，效古人城隅之宴。

（外）正好。且向新樓一望。（望介）壯哉，城也！眞乃：『江北無雙塹，淮南第一樓。』

（眾）請進酒。

【山花子】（眾）賀層城頓插雲霄敞，雉飛騰映壓寒江。據表裏山河一方，控長淮萬里金湯。（合）敵樓高窺臨女牆，臨風釃酒旌旆揚。乍想起瓊花當年吹暗香，幾點新亭，無限滄桑。

（外）前面高起如霜似雪四五十堆，是何山也？

（眾）都是各場所積之鹽，眾商人中納。

（外）商人何在？

（末、老旦扮商人上）『占種海田高白玉，掀翻鹽井横黃金。』商人見。

（外）商人麼，則怕早晚要動支兵糧，儹緊上納。

【前腔】這鹽呵，是銀山雪障連天晃，海煎成夏草秋糧。平看取鹽花竈場，儘支排中納邊商。

（合前）（外）酒罷了。喜的廣有兵糧，則要眾文武關防如法。

【舞霓裳】（眾）文武官僚立邊疆，立邊疆。休壞了這農桑，士工商。

（合）敢大金家早晚來無狀，打貼起砲箭旗槍。聽邊聲風沙迭蕩，猛驚起，見蟠花戰袍舊邊將。

【紅繡鞋】（眾）吉日祭賽城隍，城隍。歸神謝土安康，安康。祭旗纛，犒軍裝。陣頭兒，誰抵當？箭眼裏，好遮藏。

【尾聲】（外）按三韜把六出旗門放，文和武肅靜端詳。則等待海西頭動邊烽那一聲砲兒響。

夾城雲煖下霓旄，杜牧　千里崤函一夢勞。譚用之
不意新城連嶂起，錢起　夜來沖斗氣何高。譚用之

第三十二齣　冥誓

【月雲高】（生上）暮雲金闕，風旛淡搖拽。但聽的鐘聲絕，早則是心兒熱。紙帳書生，有分氳蘭麝。㗀時還早。蕩花陰，單則把月痕遮。（整燈介）溜風光，穩護著燈兒燁。

（笑介）『好書讀易盡，佳人期未來。』前夕美人到此，並不隄防，姑姑攪攘。今宵趁他未來之時，先到雲堂之上攀話一回，免生疑惑。（作掩門行介）此處留人戶半斜，天呵，俺那有心期在那些。（下）

【前腔】（魂旦上）孤神害怯，佩環風定夜。（驚介）則道是人行影，原來是雲偷月。（到介）這是柳郎書舍了。呀，柳郎何處也？閃閃幽齋，弄影燈明滅。魂再豔，燈油接；情一點，燈頭結。

（歎介）奴家和柳郎幽期，除是人不知，鬼都知道。（泣介）竹影寺風聲怎的遮，黃泉路夫妻怎當賒？『待說何曾說，如嚬不奈嚬。把持花下意，猶恐夢中身。』奴家雖登鬼錄，未損人身。陽祿將回，陰數已盡。前日爲柳郎而死，今日爲柳郎而生。夫婦分緣，

第三十二齣 冥誓

去來明白。今宵不說，只管人鬼混纏到甚時節？只怕說時柳郎那一驚呵，也避不得了。正是：『夜傳人鬼三分話，早定夫妻百歲恩。』

【懶畫眉】（生上）畫闌風擺竹橫斜。（內作鳥聲驚介）驚鴉閃落在殘紅榭。呀，門兒開也，玉天仙光降了紫雲車。

（旦出迎介）柳郎來也。

（生揖介）姐姐來也。

（旦）剔燈花這喒望郎爺。

（生）直恁的志誠親姐姐。

（旦）秀才，等你不來，俺集下了唐詩一首。

（生）洗耳。

（旦念介）『擬託良媒亦自傷秦韜玉，月寒山色雨蒼蒼薛濤。不知誰唱春歸曲曹唐？又向人間魅阮郎劉言史。』

（生）姐姐高才。

（旦）柳郎，這更深何處來也？

（生）昨夜被姑姑敗興，俺乘你未來之時，去姑姑房頭看了他動靜，好來迎接你。不想姐姐今夜來恁早哩。

（旦）盼不到月兒上也。

【太師引】（生）歎書生何幸遇仙提揭，比人間更志誠親切。乍溫存笑眼生花，正漸入歡腸啖蔗。前夜那姑姑呵，恨無端風雨把春抄截。姐姐呵，誤了你半宵周折，累了你好回驚怯。不嗔嫌，一徑的把斷紅重接。

【鎖寒窗】（旦）是不隄防他來的啤嗻，嚇的箇魂兒收不迭。仗雲搖月躲，畫影人遮。則沒揣的澀道邊兒，閃人一跌。自生成不慣這磨滅。險些些，風聲揚播到俺家爺，先喫了俺狠尊慈痛決。

（生）姐姐費心。因何錯愛小生至此？

（旦）愛的你一品人才。

（生）姐姐敢定了人家？

【太師引】（旦）並不曾受人家紅定迴鸞帖。

（生）喜箇甚樣人家？

（旦）但得箇秀才郎情傾意愜。

（生）小生到是箇有情的。

（旦）是看上你年少多情，迤逗俺睡魂難貼。

（生）姐姐，嫁了小生罷。
（旦）怕你嶺南歸客路途賒，是做小伏低難說。
（生）小生未曾有妻。
（旦笑介）少甚麼舊家根葉，著俺異鄉花草填接？敢問秀才，堂上有人麼？
（生）先君官爲朝散，先母曾封縣君。
（旦）這等是衙內了。怎恁婚遲？
【鎖寒窗】（生）恨孤單飄零歲月，但尋常稔色誰沾藉？那有箇相如在客，肯駕香車？蕭史無家，便同瑤闕？似你千金笑等閒拋泄，憑說，便和伊青春才貌恰爭些，怎做的露水相看仳別！
（旦）秀才有此心，何不請媒相聘？也省的奴家爲你擔慌受怕。
（生）明早敬造尊庭，拜見令尊令堂，方好問親於姐姐。
（旦）到俺家來，只好見奴家。要見俺爹娘還早。
（生）這般說，姐姐當眞是那樣門庭。（旦笑介）
（生）是怎生來？
【紅衫兒】看他溫香豔玉神清絕，人間迥別。

（旦）不是人間，難道天上？
（生）怎獨自夜深行，邊廂少侍妾？且說箇貴表尊名。（旦歎介）
（生背介）他把姓字香沉，敢怕似飛瓊漏洩？姐姐不肯洩漏姓名，定是天仙了。薄福書生，不敢再陪歡宴。儘仙姬留意書生，怕逃不過天曹罰折。
【前腔】（旦）道奴家天上神仙列，前生壽折。
（生）不是天上，難道人間？
（旦）便作是私奔，悄悄何妨說。
（生）不是人間，則是花月之妖。
（旦）正要你掘草尋根，怕不待勾辰就月。
（生）是怎麼說？
（旦欲說又止介）不明白辜負了幽期，話到尖頭又咽。
【相思令】（生）姐姐，你『千不說，萬不說。直恁的書生不酬決，更向誰邊說？（旦）待要說，如何說？秀才，俺則怕聘則為妻奔則妾，受了盟香說。』
（生）你要小生發願，定爲正妻，便與姐姐拈香去。
【滴溜子】（生、旦同拜）神天的，神天的，盟香滿爇。柳夢梅，柳夢梅，

南安郡舍，遇了這佳人提挈，作夫妻。生同室，死同穴。口不心齊，壽隨香滅。（旦泣介）

（生）怎生弔下淚來？

（旦）感君情重，不覺淚垂。

【鬧樊樓】你秀才郎為客偏情絕，料不是虛脾把盟誓撇。哎，話弔在喉嚨翦了舌。囑東君在意者，精神打疊。暫時間奴兒迴避趄，些兒待說，你敢撲慞忪害跌。

（生）怎的來？

（旦）秀才，這春容得從何處？

（生）太湖石縫裏。

（旦）比奴家容貌爭多？

（生看驚介）可怎生一箇粉撲兒？

（旦）可知道，奴家便是畫中人也。

（生合掌謝畫介）小生燒的香到哩。姐姐，你好歹表白一些兒。

【啄木犯】（旦）柳衙內聽根節。杜南安原是俺親爹。

（生）呀，前任杜老先生陞任揚州，怎麼丟下小姐？

(旦)你翦了燈。(生翦燈介)
(旦)翦了燈、餘話堪明滅。
(生)且請問芳名，青春多少？
(旦)杜麗娘小字有庚帖，年華二八，正是婚時節。
(生)是麗娘小姐，俺的人那！
(旦)衙內，奴家還未是人。
(生)不是人，是鬼？
(旦)是鬼也。
(生驚介)怕也，怕也。
(旦)靠邊些，聽俺消詳說。話在前教伊休害怯，俺雖則是小鬼頭人半截。
(生)姐姐，因何得回陽世而會小生？
【前腔】(旦)雖則是陰府別，看一面千金小姐，是杜南安那些枝葉。註生妃央及煞回生帖，化生娘點活了殘生劫。你後生兒蘸定俺前生業。秀才，你許了俺為妻真切，少不得冷骨頭著疼熱。
(生)你是俺妻，俺也不害怕了。難道便請起你來？怕似水中撈月，空裏拈花。

【三段子】(旦)俺三光不滅。鬼胡由，還動迭，一靈未歇。潑殘生，堪轉折。秀才可諳經典？是人非人心不別，是幻非幻如何說？雖則似空裏拈花，卻不是水中撈月。

(生)既然雖死猶生，敢問仙墳何處？

(旦)記取太湖石梅樹一株。

【前腔】愛的是花園後節，夢孤清，梅花影斜。熟梅時節，為仁兒，心酸那些。

(生)怕小姐別有走跳處？

(旦歎介)便到九泉無屈折，銜幽香一陣昏黃月。

(生)好不冷。

(旦)凍的俺七魄三魂，僵做了三貞七烈。

(生)則怕驚了小姐的魂怎好？

【鬥雙雞】(旦)花根木節，有一箇透人間路穴。俺冷香肌早偎的半熱。你怕驚了呵，悄魂飛越，則俺見了你回心心不滅。

(生)話長哩。

(旦)暢好是一夜夫妻，有的是三生話說。

（生）不煩姐姐再三，只俺獨力難成。

（旦）可與姑姑計議而行。

（生）未知深淺，怕一時間攢不徹。

【登小樓】（旦）咨嗟、你為人為徹。俺砌籠棺勾有三尺疊，你點剛鍬和俺一謎掘。就裏陰風瀉瀉，則隔的陽世些些。（內雞鳴介）

【鮑老催】咳，長眠人一向眠長夜，則道雞鳴枕空設。今夜呵，夢回遠塞荒雞咽，覺人間風味別。曉風明滅，子規聲容易吹殘月。三分話纔做一分說。

【耍鮑老】俺丁丁列列，吐出在丁香舌。你拆了俺丁香結，須粉碎俺丁香節。休殘慢，須急節。俺的幽情難盡說。（內風起介）則這一翦風動靈衣去了也。（旦急下）

（生驚癡介）奇哉，奇哉！柳夢梅做了杜太守的女婿，敢是夢也？待俺來回想一番。他名字杜麗娘，年華二八，死葬後園梅樹之下。啐，分明是人道交感，有精有血。怎生杜小姐顛倒自己說是鬼？

（旦又上介）衙內還在此？

（生）小姐怎又回來？

（旦）奴家還有丁寧。你既以俺爲妻，可急視之，不宜自誤。如或不然，妾事已露，不敢再來相陪。願郎留心，勿使可惜。妾若不得復生，必痛恨君於九泉之下矣。

【尾聲】（旦跪介）柳衙內你便是俺再生爺。（生跪扶起介）（旦）一點心憐念妾，不著俺黃泉恨你，你只罵的俺一句鬼隨邪。（旦作鬼聲下，回顧介）

（生弔場，低語介）柳夢梅著鬼了。他說的恁般分明，恁般恓切，是無是有，只得依言而行。和姑姑商量去。

夢來何處更爲雲？李商隱　惆悵金泥簇蝶裙。韋氏子

欲訪孤墳誰引至？劉言史　有人傳示紫陽君。熊孺登

第三十三齣　秘　議

【遶地遊】（淨上）芙蓉冠帔，短髮難簪繫。一鑪香鳴鐘叩齒。〔訴衷情〕『風微臺殿響笙簧。空翠冷霓裳。池畔藕花深處，清切夜聞香。人易老，事多妨，夢難長。一點深情，三分淺土，半壁斜陽。』

俺這梅花觀，爲著杜小姐而建。當初杜老爺分付陳教授看管。三年之內，則見他收取祭租，並不常川行走。便是杜老爺去後，謊了一府州縣士民人等許多分子，起了箇生祠。昨日老身打從祠前過，豬屎也有，人屎也有。陳最良，陳最良，你可也叫人掃刮一遭兒。到是杜小姐神位前，日逐添香換水，何等莊嚴清淨。正是：『天下少信掉書子，世外有情持素人。』

【前腔】（生上）幽期密意，不是人間世。待聲揚徘徊了半日。

（見介）（生）『落花香覆紫金堂。

（淨）你年少看花敢自傷？

（生）弄玉不來人換世。

（淨）麻姑一去海生桑。』

（生）老姑姑，小生自到仙居，不曾瞻禮寶殿。今日願求一觀。
（淨）是禮。相引前行。
（行到介）（淨）高處玉天金闕，下面東嶽夫人，南斗眞妃。
（內鐘鳴，生拜介）『中天積翠玉臺遙，上帝高居絳節朝。遂有馮夷來擊鼓，始知秦女善吹笙。』好一座寶殿哩。怎生左邊這牌位上寫著『杜小姐神王』，是那位女王？
（淨）是沒人題主哩。杜小姐。
（生）杜小姐爲誰？
【五更轉】（淨）你說這紅梅院，因何置？是杜參知前所為。麗娘原是他香閨女，十八而亡，就此攢瘞。他爺呵，陞任急，失題主，空牌位。
（生）誰祭掃他？
（淨）好墓田，留下有碑記。偏他沒頭主兒，年年寒食。
（生哭介）這等說起來，杜小姐是俺嬌妻呵。
（淨驚介）秀才當眞麼？
（生）千眞萬眞。

（淨）這等，知他那日生，那日死了？

【前腔】（生）俺未知他生，焉知死？死多年、生此時。

（淨）幾時得他死信？

（生）這是俺朝聞夕死了可人矣。

（淨）是夫妻，應你奉事香火。

（生）則怕俺未能事人，焉能事鬼？

（淨）既是秀才娘子，可曾會他來？

（生）便是這紅梅院，做楚陽臺，偏倍了你。

（淨）是那一夜？

（生）是前宵你們不做美。

（淨驚介）秀才著鬼了。難道，難道。

（生）你不信時，顯箇神通你看。取筆來點的他主兒會動。

（淨）有這事？筆在此。

（生點介）看俺點石為人，靠夫作主。你瞧，你瞧。

（淨驚介）奇哉，奇哉。主兒眞箇會動也。小姐呵！

【前腔】則道墓門梅，立著箇沒字碑，原來柳客神纏住在香爐裏。秀才，既是你妻，鼓盆歌、廬墓三年禮。

（生）還要請他起來。

（淨）你直恁神通，敢閻羅是你？

（生）少些人夫用。

（淨）你當夫，他為人，堪使鬼。

（生）你也幫一鍬兒。

（淨）大明律：開棺見屍，不分首從皆斬哩。你宋書生是看不著皇明例，不比尋常，穿籬挖壁。

（生）這箇不妨，是小姐自家主見。

【前腔】是泉下人，央及你。箇中人、誰似伊。

（淨）既是小姐分付，也待我擇箇日子。

（看介）恰好明日乙酉，可以開墳。

（生）喜金雞玉犬非牛日，則待尋箇人兒，開山力士。

（淨）俺有箇姪兒癩頭黿可用。只怕事發之時怎處？

（生）但回生，免聲息，停商議。可有偷香竊玉劫墳賊？還一事，小姐儻然回生，要些定魂湯藥。

（淨）陳教授開張藥鋪。只說前日小姑姑，黨了凶煞，求藥安魂。
（生）煩你快去也。這七級浮屠，豈同兒戲。

（淨）濕雲如夢雨如塵，崔　魯　（生）初訪城西李少君。陳　羽
（淨）行到窈娘身沒處，雍　陶　（生）手披荒草看孤墳。劉長卿

第三十四齣　詗藥

（末上）『積年儒學理粗通，書篋成精變藥籠。家童喚俺老員外，街坊喚俺老郎中。』俺陳最良失館，依然開藥鋪。看今日有甚人來？

【女冠子】（淨上）人間天上，道理都難講。夢中虛誑，更有人兒思量泉壤。陳先生利市哩。

（末）老姑姑到來。

（淨）好鋪面！這『儒醫』二字杜太爺贈的。好『道地藥材』！這兩塊土中甚用？

（末）是寡婦床頭土。男子漢有鬼怪之疾，清水調服良。

（淨）這布片兒何用？

（末）是壯男子的褲襠。婦人有鬼怪之病，燒灰喫了效。

（淨）這等，俺貧道床頭三尺土，敢換先生五寸襠？

（末）怕你不十分寡。

（淨）啐，你敢也不十分壯。

（末）罷了，來意何事？

（淨）不瞞你說，前日小道姑呵！

【黃鶯兒】年少不隄防，賽江神，歸夜忙。

（末）著手了？

（淨）知他著甚閒空曠？被凶神煞黨。年災月殃，暝然一去無回向。

（末）欠老成哩！

（淨）細端詳，你醫王手段敢對的住活閻王。

（末）是活的，死的？

（淨）死幾日了。

（末）死人有口喫藥？也罷，便是這燒襠散，用熱酒調服下。

【前腔】海上有仙方，這偉男兒深褌襠。

（淨）則這種藥，俺那裏自有。

（末）則怕姑姑記不起誰陽壯。翦裁寸方，燒灰酒娘，敲開齒縫把些兒放。不尋常，安魂安魄，賽過反精香。

（淨）謝了。

（末）還隨女伴賽江神，于鵠　（淨）爭奈多情足病身。韓偓

（末）巖洞幽深門盡鎖，韓愈　（淨）隔花催喚女醫人。王建

第三十五齣　回生

【字字雙】（丑扮疙童，持鍬上）豬尿泡疙疸偌盧胡，沒褲。鏵鍬兒入的土花，沒骨。活小娘不要去做鬼婆夫，沒路。偷墳賊拿到做箇地官符，沒趣。

（笑介）自家梅花觀主家癩頭黿便是。觀主受了柳秀才之託，和杜小姐啓墳。好笑，好笑，說杜小姐要和他這裏重做夫妻。管他人話鬼話，帶了些黃錢，掛在這太湖石上，點起香來。

【出隊子】（淨攜酒同生上）玉人何處，玉人何處？近墓西風老綠蕪。《竹枝歌》唱的女郎蘇，杜鵑聲啼過錦江無？一窖愁殘，三生夢餘。

（生）老姑姑，已到後園。只見半亭瓦礫，滿地荊榛。繡帶重尋，裊裊藤花夜合；羅裙欲認，青青蔓草春長。則記的太湖石邊，是俺拾畫之處。依稀似夢，恍惚如亡。怎生是好？

（淨）秀才不要忙，梅樹下堆兒是了。

（生）小姐，好傷感人也。（哭介）

（丑）哭甚的。趁時節了。（燒紙介）

（生拜介）巡山使者，當山土地，顯聖顯靈。

【啄木鸝】開山紙草面上鋪。煙罩山前紅地爐。

（丑）敢太歲頭上動土？向小姐腳跟挖窟。

（生）土地公公，今日開山，專爲請起杜麗娘。不要你死的，要箇活的。你為神正直應無妒，俺陽神觸煞俱無慮。要他風神笑語都無二，便做著你土地公公女嫁吾。呀，春在小梅株。好破土哩。

【前腔】（丑、淨鍬土介）這三和土一謎鉏。小姐呵，半尺孤墳你在這的無？

（生）你們十分小心。（看介）到棺了。

（丑作驚丟鍬介）到官沒活的了。

（生搖手介）禁聲。

（內旦作哎喲介）（眾驚介）活鬼做聲了。

（生）休驚了小姐。

（眾蹲向鬼門，開棺介）（淨）原來釘頭鏽斷，子口登開，小姐敢別處送雲雨去了。

（內哎喲介）（生見旦扶介）（生）咳，小姐端然在此。異香襲人，幽姿如故。天也，你看正面上那些兒塵漬，斜空處沒半米蚍蜉。則他暖幽香四片斑爛木，潤芳姿半榻黃泉路，養花身五色燕支土。

（扶旦輭嚲介）（生）俺爲你款款偎將睡臉扶，休損了口中珠。（旦作嘔出水銀介）

（丑）一塊花銀，二十分多重，賞了癩頭罷。

（生）此乃小姐龍含鳳吐之精，小生當奉爲世寶。你們別有酬犒。

（旦開眼嘆介）（淨）小姐開眼哩。

（生）天開眼了。小姐呵！

【金蕉葉】（旦）是真是虛？劣夢魂猛然驚遽。（作掩眼介）避三光業眼難舒，怕一弄兒巧風吹去。

（生）怕風怎麼好？

（淨扶旦介）且在這牡丹亭內進還魂丹，秀才翦襠。（生翦介）

（丑）待俺湊些加味還魂散。

（生）不消了。快快熱酒來。

【鶯啼序】（調酒灌介）玉喉嚨半點靈酥。（旦吐介）

（生）哎也，怎生呵落在胸脯。姐姐再進些，纔喫下三箇多半口還無。

（覷介）好了，好了！喜春生顏面肌膚。

（旦覷介）這些都是誰？敢是些無端道途，弄的俺不著墳墓？

（生）我便是柳夢梅。

（旦）眳矇覷，怕不是梅邊柳邊人數。

（生）有這道姑爲證。

（淨）小姐可認得道姑麼？（旦看不語介）

【前腔】（淨）你乍回頭記不起俺這姑姑。

（生）可記得這後花園？（旦不語介）

（淨）是了，你夢境模糊。

（旦）只那箇是柳郎？

（生應，旦作認介）咳，柳郎眞信人也。虧殺你撥草尋蛇，虧殺你守株待兔。棺中寶玩收存，諸餘拋散池塘裏去。

（眾）呸！（丟去棺物介）

向人間別畫箇葫蘆。水邊頭洗除凶物。

（眾）虧了小姐整整睡這三年。

（旦）流年度，怕春色三分，一分塵土。

（生）小姐，此處風露，不可久停。好處將息去。

【尾聲】死工夫救了你活地獄，七香湯瑩了美食相扶。

（旦）扶往那裏去？

（淨）梅花觀內。

（旦）可知道洗棺塵，都是這高唐觀中雨。

（生）天賜燕支一抹腮，羅隱　（旦）隨君此去出泉臺。景舜英

（淨）俺來穿穴非無意，張祜　（生）願結靈姻愧短才。潘雍

第三十六齣 婚走

第三十六齣 婚走

【意難忘】（淨扶旦上）（旦）如笑如呆，歎情絲不斷，夢境重開。（淨）你驚香辭地府，輿櫬出天台。（旦）姑姑，俺強掙作，輭咍咍，重嬌養起這嫩孩孩。（合）尚疑猜，怕如煙入抱，似影投懷。

〔畫堂春〕（旦）『蛾眉秋恨滿三霜，夢餘荒冢斜陽。土花零落舊羅裳，睡損紅妝。（淨）風定彩雲猶怯，火傳金炧重香。如神如鬼費端詳，除是高唐。』

（旦）姑姑，奴家死去三年。爲鍾情一點，幽契重生。皆虧柳郎和姑姑信心提救。又以美酒香酥，時時將養。數日之間，稍覺精神旺相。

（淨）好了，秀才三回五次，央俺成親哩。

（旦）姑姑，這事還早。揚州問過了老相公、老夫人，請箇媒人方好。

（淨）好消停的話兒。這也由你。則問小姐前生事可記得些麼？

【勝如花】（旦）前生事，曾記懷。為傷春病害，困春遊夢境難捱。寫春容那人兒拾在。那勞承、那般頂戴，似盼天仙盼的眼咍，似叫觀音叫的口歪。

（淨）俺也聽見些。則小姐泉下怎生得知？

（旦）雖則塵埋，把耳輪兒熱壞。感一片志誠無奈，死淋侵走上陽臺，活森沙走出這泉臺。

（淨）秀才來哩。

【生查子】（生上）豔質久塵埋，又掙出這煙花界。你看他含笑插金釵，擺動那長裙帶。

（見介）麗娘妻。（旦羞介）

（生）姐姐，俺地窟裏扶卿做玉真。

（旦）重生勝過父娘親。

（生）便好今宵成配偶。

（旦）懵騰還自少精神。

（淨）起前說精神旺相，則瞞著秀才。

（旦）秀才可記的古書云：『必待父母之命，媒妁之言。』

（生）日前雖不是鑽穴相窺，早則鑽墳而入了。小姐今日又會起書來。

（旦）秀才，比前不同。前夕鬼也，今日人也。鬼可虛情，人須實禮。聽奴道來：

【勝如花】青臺閉，白日開。（拜介）秀才呵，受的俺三生禮拜，待成親少箇官媒。（泣介）結盞的要高堂人在。

（生）成了親，訪令尊令堂，有驚天之喜。要媒人，道姑便是。

（旦）秀才忙待怎的？也曾落幾箇黃昏陪待。

（生）今夕何夕？

（旦）直恁的急色秀才。

（生）小姐搗鬼。

（旦笑介）秀才搗鬼。不是俺鬼奴台妝妖作乖。

（生）爲甚？

（旦羞介）半死來回，怕的雨雲驚駭。有的是這人兒活在，但將息俺半載身材。

（背介）但消停俺半刻情懷。

【不是路】（末上）深院閒階，花影蕭蕭轉翠苔。（扣門介）人誰在？是陳生探望柳君來。（眾驚介）

（生）陳先生來了，怎好？

（旦）姑姑，俺迴避去。（下）

（末）忒奇哉，怎女兒聲息紗窗外，硬抵門兒應不開？（又扣門介）
（生）是誰？
（末）陳最良。（開門見介）
（生）承車蓋，俺衣冠未整因遲待。
（末）有些驚怪。
（生）有何驚怪？
【前腔】（末）不是天台，怎風度嬌音隔院猜？
（淨上）原來陳齋長到來。
（生）陳先生說裏面婦娘聲息，則是老姑姑。
（淨）是了，長生會，蓮花觀裏一箇小姑來。
（末）便是前日的小姑麼？
（淨）另是一眾。
（末）好哩，這梅花觀一發興哩。也是杜小姐冥福所致。因此徑來相約，明午整箇小盒兒同柳兄往墳上隨喜去。暫告辭了。無閒會，今朝有約明朝在，酒滴青娥墓上回。
（生）承拖帶，這姑姑點不出箇茶兒待。即來回拜。

（末）慢來回拜。（下）

（生）喜的陳先生去了，請小姐有話。（旦上介）

（淨）怎了，怎了？陳先生明日要上小姐墳去。事露之時，一來小姐有妖冶之名，二來公相無閨閫之教，三來秀才坐迷惑之譏，四來老身招發掘之罪。如何是了？

（旦）老姑姑，待怎生好？

（淨）小姐，這柳秀才待往臨安取應。不如曲成親事，叫童兒尋隻贛船，夤夜開去，以滅其蹤。意下何如？

（旦）這也罷了。

（淨）有酒在此。你二人拜告天地。（拜，把酒介）

【榴花泣】（生）三生一會，人世兩和諧。承合巹，送金杯。比墓田春酒這新醅，纔醱轉人面桃腮。（旦悲介）傷春便埋，似中山醉夢三年在。只一件來，看伊家龍鳳姿容，怎配俺這土木形骸！

（生）那有此話！

【前腔】相逢無路，良夜肯疑猜？眠一柳，當了三槐。杜蘭香真箇在讀書齋，則柳耆卿不是仙才。（旦歎介）幽姿暗懷，被元陽鼓的這陰無賴。柳郎，奴家依然還是女身。

（生）已經數度幽期，玉體豈能無損？

（旦）那是魂，這纔是正身陪奉。伴情哥則是遊魂，女兒身依舊含胎。

（外扮舟子歌上）春娘愛上酒家子樓，不怕歸遲總弗子愁。推道那家娘子睡，且留教住要梳子頭。（又歌）不論秋菊和那春子箇花，箇箇能噇空肚子茶。無事莫教頻入子庫，一名閒物他也要些子些。

（丑扮疙童上介）船，船，船，臨安去。

（外）來，來，來。（攏船介）

（丑）門外船便，相公纂下小姐班。

（淨辭介）相公、小姐，小心去了。

（生）小姐無人伏侍，煩老姑姑一行，得了官時相報。

（淨）俺不曾收拾。（背介）事發相連，走爲上計。（回介）也罷，相公賞姪兒什麼，著他和俺收拾房頭，俺伴小姐同去。

（丑）使得。

（生）便賞他這件衣服。（解衣介）

（丑）謝了，事發誰當？

（生）則推不知便了。

（丑）這等請了。『禿廝兒堪充道伴，女冠子權當梅香。』（下）

【急板令】（衆上船介）別南安孤帆夜開，走臨安把雙飛路排。（旦悲介）

（生）因何弔下淚來？

（旦）歎從此天涯，從此天涯。歎三年此居，三年此埋。死不能歸，活了纔回。

（合）問今夕何夕？此來、魂脈脈，意咍咍。

【前腔】（生）似倩女返魂到來，采芙蓉回生並載。（旦歎介）

（生）爲何又弔下淚來？

（旦）想獨自誰挨，獨自誰挨？翠黯香囊，泥漬金釵。怕天上人間，心事難諧。

（合前）（淨）夜深了，叫停船。你兩人睡罷。

（生）風月舟中，新婚佳趣，其樂何如！

【一撮掉】藍橋驛，把淶河橋風月篩。（旦）柳郎，今日方知有人間之樂也。七星版三星照，兩星排。今夜呵，把身子兒帶，情兒邁，意兒挨。

（淨）你過河衣帶緊，請寬懷。

（生）眉橫黛，小船兒禁重載？這歡眠自在，抵多少嚇魂臺。

【尾聲】情根一點是無生債。（旦）歎孤墳何處是俺望夫臺？柳郎呵，俺和你死裏淘生情似海。

（生）偷去須從月下移，吳融　（淨）好風偏似送佳期。陸龜蒙

（旦）傍人不識扁舟意，張蠙　（淨）惟有新人子細知。戴叔倫

第三十七齣　駭變

〔集唐〕（末上）『風吹不動頂垂絲 雍陶，吟背春城出草遲 朱慶餘。畢竟百年渾是夢 元稹，夜來風雨葬西施 韓偓。』

俺陳最良。只因感激杜太守，爲他看顧小姐墳塋。昨日約了柳秀才到墳上望去，不免走一遭。

（行介）『巖扉不掩雲長在，院徑無媒草自深。』待俺叫門。

（叫介）呀，往常門兒重重掩上，今日都開在此。待俺參了聖。

（看菩薩介）咳，冷清清沒香沒燈的。呀，怎不見了杜小姐牌位？待俺問一聲老姑姑。

（叫三聲介）俗家去了。待俺叫柳兄問他。

（叫介）柳朋友！

（又叫介）柳先生！一發不應了。

（看介）嗄，柳秀才去了。醫好了病，來不參，去不辭。沒行止，沒行止！

待俺西房瞧瞧。咳喲，道姑也搬去了。磬兒，鍋兒，床席，一些都不見了。怪哉！

（想介）是了。日前小道姑有話，昨日又聽的小道姑聲息，其中必有柳夢梅勾搭事情。一夜去了。沒行止，沒行止！由他，由他。到後園看小姐墳去。（行介）

【懶畫眉】園深徑側老蒼苔，那幾所月榭風亭久不開。當時曾此葬金釵。（望介）呀，舊墳高高兒的，如今平下來了也。緣何不見墳兒在？敢是狐兔穿空倒塌來？這太湖石，只左邊靠動了些，梅樹依然。（驚介）咳呀，小姐墳被刼了也。

【朝天子】（放聲哭介）小姐，天呵！是什麼發冢無情短倖材？他有多少金珠葬在打眼來！小姐，你若早有人家，也搬回去了。則爲玉鏡臺無分照泉臺。好孤哉！怕蛇鑽骨，樹穿骸，不隄防這災。

知道了，柳夢梅嶺南人，慣了刼墳。將棺材放在近所，截了一角爲記，要人取贖。這賊意思，止不過說杜老先生聞知，定來取贖。想那棺材，只在左近埋下了。待俺尋看。

（見介）咳呀，這草窩裏不是硃漆板頭？這不是大鏽釘？開了去。天，小姐骨殖丟在那裏？

（望介）那池塘裏浮著一片棺材。是了，小姐屍骨抛在池裏去了。狠心的賊也！

【普天樂】問天天，你怎把他昆池碎劫無餘在？又不欠觀音鎖骨連環債，怎丟他水月魂骸？亂紅衣暗泣蓮腮，似黑月重拋業海。待車乾池水，撈起他骨殖來。怕浪淘沙碎玉難分派。到不如當初水葬無猜。賊眼腦生來毒害，那些箇憐香惜玉，致命圖財！

先師去：『虎兕出於柙，龜玉毀於櫝中，典守者不得辭其責。』俺如今先去稟了南安府緝拿。星夜往淮揚，報知杜老先生去。

【尾聲】石虔婆他古弄裏金珠曾見來。柳夢梅，他做得箇破周書汲冢才。小姐呵，你道他爲甚麼向金蓋銀牆做打家賊？

丘墳發掘當官路，韓愈　春草茫茫墓亦無。白居易
致汝無辜由俺罪，韓愈　狂眠恣飲是凶徒。僧子蘭

第三十八齣 淮警

【霜天曉角】（淨引眾上）英雄出眾，鼓譟紅旗動。三年繡甲錦蒙茸，彈劍把雕鞍斜鞚。

『賊子豪雄是李全，忠心赤膽向胡天。靴尖踢倒長天塹，卻笑江南土不堅。』

俺溜金王奉大金之命，騷擾江淮三年。打聽大金家兵糧湊集，將次南征，教俺淮揚開路，不免請出賤房計議。中軍快請。（眾叫介）大王叫箭坊。

（老旦扮軍人持箭上）箭坊俱已造完。

（淨笑惱介）狗才怎麼說？

（老旦）大王說，請出箭坊計議。

（淨）胡說！俺自請楊娘娘，是你箭坊？

（老旦）楊娘娘是大王箭坊，小的也是箭坊。（淨喝介）

【前腔】（丑上）帳蓮深擁，壓寨的陰謀重。（見介）大王興也！你夜來鏖戰好粗雄。困的俺垓心沒縫。大王夫，俺睡倦了。請俺甚事商量？

（淨）聞得金主南侵，教俺攻打淮揚，以便征進。思想揚州有杜安撫鎮守。急切難攻。如何是好？

（丑）依奴家所見，先圍了淮安，杜安撫定然赴救。俺分兵揚州，斷其聲援，於中取事。

（淨）高，高！娘娘這計，李全要怕了你。

（丑）你那一宗兒不怕了奴家！

（淨）罷了。未封王號時，俺是箇怕老婆的強盜，封王之後，也要做怕老婆的王。

（丑）著了。快起兵去攻打淮城。

【錦上花】（淨）撥轉磨旗峰，促緊先鋒。千兵擺列，萬馬奔沖。鼓通通，鼓通通，譟的那淮揚動。

【前腔】（眾）軍中母大蟲，綽有威風。連環陣勢，煙粉牢籠。哈哄哄，哈哄哄，哄的淮揚動。

（丑）溜金王聽俺分付：軍到處，不許你搶占半名婦女。如違，定以軍法從事。

（淨）不敢。

（丑）日暮風沙古戰場，王昌齡 （淨）軍營人學內家妝。司空圖

（眾）如今領帥紅旗下，張建封 （眾）劈破雲鬟金鳳凰。曹唐

第三十九齣　如　杭

【唐多令】（生上）海月未塵埋，（旦上）新妝倚鏡臺。（生）捲錢塘風色破書齋。（旦）夫，昨夜天香雲外吹，桂子月中開。

（生）『夫妻客旅悶難開，（旦）待喚提壺酒一杯。（生）江上怒潮千丈雪，（旦）好似禹門平地一聲雷。』

（生）俺和你夫妻相隨，到了臨安京都地面。賃下一所空房，可以理會書史。爭奈試期尚遠，客思轉深。如何是好？

（旦）早上分付姑姑，買酒一壺，少解夫君之悶，尚未見回。

（生）生受了，娘子。一向不曾話及：當初只說你是西鄰女子，誰知感動幽冥，匆匆成其夫婦。一路而來，到今不曾請教。小姐可是見小生於道院西頭？因何詩句上『不是梅邊是柳邊』，就指定了小生姓名？這靈通委是怎的？

（旦笑介）柳郎，俺說見你於道院西頭是假。我前生呵！

【江兒水】偶和你後花園曾夢來，擎一朵柳絲兒要俺把詩篇賽。奴正題詠間，便和你牡丹亭上去了。

（生笑介）可好哩？

（旦笑介）咳，正好中間，落花驚醒。此後神情不定，一病奄奄。這是聰明反被聰明帶，真誠不得真誠在，冤親做下這冤親債。一點色情難壞，再世為人，話做了兩頭分拍。

【前腔】（生）是話兒聽的都呆答孩。則俺爲情癡信及你人兒在。還則怕邪淫惹動陰曹怪，忌亡墳觸犯陰陽戒。分書生領受陰人愛，勾的你色身無壞。出土成人，又看見這帝城風采。

（淨提酒上）『路從丹鳳城邊過。酒向金魚館內沽。』呀，相公、小姐不知：俺在江頭沽酒，看見各處秀才，都赴選場去了。相公錯過天大好事。（生、旦作忙介）

（旦）相公只索快行。

（淨）這酒便是狀元紅了。

【小措大】（旦把酒介）喜的一宵恩愛，被功名二字驚開。好開懷這御酒三杯，放著四嬋娟人月在。立朝馬五更門外，聽六街裏喧傳人氣概。七步才，蹬上了寒宮八寶臺。沈醉了九重春色，便看花十里歸來。

【前腔】（生）十年窗下，遇梅花凍九纔開。夫貴妻榮八字安排。敢你七香車穩情載，六宮宣有你朝拜。五花誥封你非分外。論四德、似你那三從結願諧。二指大泥金報喜。打一輪皁蓋飛來。

（旦）夫，我記的春容詩句來。

【尾聲】盼今朝得傍你蟾宮客，你和俺倍精神金階對策。高中了，同去訪你丈人、丈母呵，則道俺從地窟裏登仙那大喝采。

（旦）良人的的有奇才，劉　氏　（淨）恐失佳期後命催。杜　甫

（生）紅粉樓中應計日，杜審言　（合）遙聞笑語自天來。李　端

第四十齣　僕偵

【孤飛鴈】（淨扮郭駝挑擔上）世路平消長，十年事老頭兒心上。柳郎君翰墨人家長。無營運，單承望，天生天養，果樹成行。年深樹老，把園圍抛漾。你索在何方？好沒主量。悽惶，趁上他身衣口糧。

『家人做事興，全靠主人命。主人不在家，園樹不開花。』

俺老駝一生依著柳相公種果爲生。你說好不古怪：柳相公在家，一株樹上摘百十來箇果兒；自柳相公去後，一株樹上生百十來箇蟲。便胡亂結幾箇兒，小廝們偷箇盡。老駝無主，被人欺負。因此發箇老狠，體探俺相公過嶺北來了，在梅花觀養病，直尋到此，早則南安府大封條封了觀門。聽的邊廂人說，道婆爲事走了，有箇

姪兒癩頭黿是小西門住。去尋問他。（行介）『抹過大東路，投至小西門。』（下）

【金錢花】（丑扮疙童披衣笑上）自小疙辣郎當，郎當。官司拏俺為姑娘，姑娘。盡了法，腦皮撞。得了命，賣了房。充小廝，串街坊。

『若要人不知，除非己不爲。』自家癩頭黿便是。這無人所在，表白一會。你

說姑娘和柳秀才那事幹得好，又走得好！只被陳教授那狗才，稟過南安府，拿了俺去。拷問俺：『姑娘那裏去了？劫了杜小姐墳哩！』你道俺更不聰明，卻也頗頗的。則掉著頭不做聲。那鳥官喝道：『馬不弔不肥，人不拶不直，把這廝上起腦箍來。』哎也，哎也，好不生疼！原來用刑人先撈了俺一架金鐘玉磬，替俺方便，稟說這小廝夾出腦髓來了。那鳥官喝道：『撚上來瞧。』瞧了，大鼻子一颩，說道：『這小廝眞箇夾出腦漿來了。』他不知是俺癩頭上膿。叫鬆了刑，著保在外。俺如今有了命，把柳相公送俺這件黑海青穿擺將起來。

（唱介）擺搖搖，擺擺搖。沒人所在，被俺擺過子橋。

（淨向前叫揖介）小官唱喏。

（丑作不回揖，大笑唱介）俺小官子腰閃價，唱不的子喏。比似你箇駝子唱喏，則當伸子箇腰。

（淨）這賊種，開口傷人。難道做小官的背偏不駝？

（丑）刮這駝子嘴，偷了你什麼？賊？

（淨作認丑衣介）別的罷了。則這件衣服，嶺南柳相公的，怎在你身上？

（丑）咳呀，難道俺做小官的，就沒件乾淨衣服，便是嶺南柳家的？隔這般一道梅花嶺，誰見俺偷來？

（淨）這衣帶上有字。你還不認，叫地方。

（址丑作怕倒介）罷了，衣服還你去囉。

（淨）耍哩！俺正要問一箇人。

（丑）誰？

（淨）柳秀才那裏去了？

（丑）不知。

（淨三問）（丑不知介）（淨）你不說，叫地方去。

（丑）罷了，大路頭難好講話。演武廳去。（行介）

（淨）好個僻靜所在。

（丑）咦，柳秀才到有一箇。可是你問的不是？你說得像，俺說；你說不像，休想叫地方，便到官司，俺也只是不說。

（淨）這小廝到賊。聽俺道來：

【尾犯序】提起柳家郎，他俊白龐兒，典雅行藏。

（丑）是了。多少年紀？

（淨）論儀表看他，三十不上。

（丑）是了。你是他什麼人？

（淨）他祖上、傳留下俺栽花種糧。自小兒、俺看成他快長。
（丑）原來你是柳大官。你幾時別他，知他做出甚事來？
（淨）春頭別，跟尋至此，聞說的不端詳。
（丑）這老兒說的一句句著。老兒，若論他做的事，咦！（丑作扯淨耳語）（淨聽不見介）
（丑）呸，左則無人，要他去。老兒你聽者。
【前腔】他到此病郎當。逢著箇杜太爺衙教小姐的陳秀才，勾引他養病菴堂，去後園遊賞。
（淨）後來？
（丑）一遊遊到小姐墳兒上。拾得一軸春容，朝思暮想，做出事來。
（淨）怎的來？
（丑）秀才家為真當假，劫墳偷壙。
（淨驚介）這卻怎了？
（丑）你還不知。被那陳教授稟了官，圍住觀門。拖番柳秀才，和俺姑娘行了杖。棚琶拶壓，不怕不招。點了供紙，解上江西提刑廉訪司。問那六案都孔目，這男女應得何罪？六案請了律令，稟覆道，但偷墳見屍者，依律一秋。

（淨）怎麼秋？

（丑作按淨頭介）這等秋。

（淨驚哭介）俺的柳秀才呵，老駝沒處投奔了。

（丑笑介）休慌。後來遇赦了。便是那杜小姐活轉來哩。

（淨）有這等事！

（丑）活鬼頭還做了秀才正房，俺那死姑娘到做了梅香伴當。

（淨）何往？

（丑）臨安去，送他上路，賞這領舊衣裳。

（淨）嚇俺一跳。卻早喜也！

【尾聲】去臨安定是圖金榜。

（丑）著了。

（淨）俺勒掙著軀腰走帝鄉。

（丑）老哥，你路上精細些。現如今一路裏畫影圖形捕兇黨。

（淨）尋得仙源訪隱淪，朱灣　（丑）郡城南下是通津。柳宗元

（淨）眾中不敢分明說，于鵠　（丑）遙想風流第一人。王維

第四十一齣　耽試

【鳳凰閣】（淨扮苗舜賓引眾上）九邊烽火吒。秋水魚龍怎化？廣寒丹桂吐層花，誰向雲端折下？（合）殿闈深鎖，取試卷看詳回話。

〔集唐〕『鑄時天匠待英豪　譚用之，引手何妨一釣鰲　李咸用？報答春光知有處　杜甫，文章分得鳳凰毛　元稹。』

下官苗舜賓便是。聖上因俺香山能辨番回寶色，欽取來京典試。因金兵搖動，臨軒策士，問和戰守三者孰便？各房俱已取中頭卷，聖旨著下官詳定。想起來看寶易，看文字難。爲什麼來？俺的眼睛，原是貓兒睛，和碧綠琉璃水晶無二。因此一見眞實，眼睛火出。說起文字，俺眼裏從來沒有。如今卻也奉旨，無奈，左右，開箱取各房卷子上來。

（眾取卷上，淨作看介）這試卷好少也。且取天字號三卷，看是何如。第一卷，『詔問：「和戰守三者孰便？」』『臣謹對：「臣聞國家之和賊，如里老之和事。」』呀，里老和事，和不得，罷；國家事，和不來，怎了？本房擬他狀元，好沒分曉。且看第二卷，這意思主守。

（看介）『臣聞天子之守國，如女子之守身。』也比的小了。再看第三卷，到是主戰。

（看介）『臣聞南朝之戰北，如老陽之戰陰。』此語忒奇。但是《周易》有『陰陽交戰』之說。——以前主和，被秦太師誤了。今日權取主戰者第一，主守者第二，主和者第三。其餘諸卷，以次而定。

【一封書】（淨）文章五色訛。怕冬烘頭腦多。總費他墨磨，筆尖花無一箇。恁這裏龍門日月開無那，都待要尺水翻成一丈波。卻也無奈了，也是浪桃花當一科，池裏無魚可奈何！（封卷介）

【神仗兒】（生上）風塵戰鬥，風塵戰鬥，奇材輻輳。

（丑）秀才來的停當，試期過了。

（生）呀，試期過了。文字可進呈麼？

（丑）不進呈，難道等你？道英雄入彀，恰鎖院進呈時候。

（生）怕沒有狀元在裏也哥。

（丑）不多，有三箇了。

（生）萬馬爭先，偏驊騮落後。你快稟，有箇遺才狀元求見。

（丑）這是朝房裏面。府州縣道，告遺才哩。

（生）大哥，你真箇不稟？（哭介）天呵，苗老先齎發俺來獻寶。止不住下和羞，對重瞳雙淚流。

（淨聽介）掌門的，這什麼所在！拿過來。（丑扯生進介）

（生）告遺才的，望老大人收考。

（淨）哎也，聖旨臨軒，翰林院封進。誰敢再收？

（生哭介）生員從嶺南萬里帶家口而來。無路可投，願觸金階而死。（生起觸階，丑止介）

（淨背介）這秀才像是柳生，眞乃南海遺珠也。（回介）秀才上來。可有卷子？

（生）卷子備有。

（淨）這等，姑准收考，一視同仁。

（生跪介）千載奇遇。

（淨念題介）『聖旨：「問汝多士，近聞金兵犯境，惟有和戰守三策。其便何如？」』

（生叩頭介）領聖旨。（起介）

（丑）東席舍去。（生寫策介）

（淨再將前卷細看介）頭卷主戰，二卷主守，三卷主和。主和的怕不中聖意。

（生交卷，淨看介）呀，風簷寸晷，立掃千言。可敬，可敬。俺急忙難看。只說和戰守三件，你主那一件兒？

（生）生員也無偏主。可戰可守而後能和。如醫用藥，戰爲表，守爲裏，和在表裏之間。

（淨）高見，高見。則當今事勢何如？

【馬蹄花】（生）當今呵，寶駕遲留，則道西湖畫錦遊。爲三秋桂子，十里荷香，一段邊愁。則願的『吴山立馬』那人休。俺燕雲唾手何時就？若止是和呵，小朝廷羞殺江南。便戰守呵，請鑾輿略近神州。

（淨）秀才言之有理。

【前腔】聖主垂旒，想泣玉遺珠一網收。對策者千餘人，那些不知時務，未曉天心，怎做儒流。似你呵，三分話點破帝王憂，萬言策檢盡乾坤漏。

（生）小生嶺南之士。

（淨低介）知道了。你釣竿兒拂綽了珊瑚，敢今番著了鰲頭。秀才，午門外候旨。

（生應出，背介）這試官卻是苗老大人。嫌疑之際，不敢相認。『且當青鏡明開

眼，惟願朱衣暗點頭。』（生下）

（淨）試卷俱已詳定。左右跟隨進呈去。

（行介）『絲綸閣下文章靜，鐘鼓樓中刻漏長。』呀，那裏鼓響？（內急擂鼓介）

（丑）是樞密府樓前邊報鼓。（內馬嘶介）

（淨）邊報警急。怎了，怎了？

（外扮老樞密上）『花萼夾城通御氣。芙蓉小苑入邊愁。』（見介）

（淨）老先生奏邊事而來？

（外）便是。先生爲進卷而來？

（淨）正是。

（外）今日之事，以緩急爲先後，僭了。

（外叩頭奏事介）掌管天下兵馬知樞密院事臣謹奏俺主。

（內宣介）所奏何事？

【滴溜子】（外）金人的、金人的風聞入寇。（內）誰是先鋒？（外）李全的、李全的前來戰鬥。（內）到什麼地方了？（外）報到了淮揚左右。（內）何人可以調度？（外）有杜寶現爲淮揚安撫。怕邊關早晚休，要星忙廝救。

（淨叩頭奏事介）臣看卷官苗舜賓謹奏俺主。

【前腔】臨軒的、臨軒的文章看就，呈御覽、呈御覽定其卷首。黃道日，傳臚祇候。衆多官在殿頭，把瓊林宴備久。

（內）奏事官午門外伺候。（外、淨同起介）

（淨）老先生，聽的金兵爲何而動？

（外）適纔不敢奏知。金主此行，單爲來搶占西湖美景。

（淨）癡韃子，西湖是俺大家受用的。若搶了西湖去，這杭州通沒用了。

（內宣介）聽旨：朕惟治天下，有緩有急，乃武乃文。今淮揚危急，便著安撫杜寶前去迎敵。不可有遲。其傳臚一事，待干戈寧輯，偃武修文。可諭知多士。叩頭。（外、淨叩頭呼『萬歲』起介）

（外）澤國江山入戰圖，曹松　（淨）曳裾終日盛文儒。杜甫

（外）多才自有雲霄望，錢起　（淨）其奈邊防重武夫。杜牧

第四十二齣　移　鎮

【夜遊朝】（外扮杜安撫引眾上）西風揚子津頭樹，望長淮渺渺愁予。枕障江南，鉤連塞北。如此江山幾處？

〔訴衷情〕『砧聲又報一年秋。江水去悠悠。塞草中原何處？一雁過淮樓。天下事，鬢邊愁，付東流。不分吾家小杜，清時醉夢揚州。』

自家淮揚安撫使杜寶。自到揚州三載，雖則李全騷擾，喜得大勢平安。昨日打聽邊兵要來，下官十分憂慮。可奈夫人不解事，偏將亡女絮傷心。

【似娘兒】（老旦引貼上）夫主掣兵符，也相從燕幙棲遲，（嘆介）畫屏風外秦淮樹。看兩點金焦，十分眉恨，片影江湖。

（老旦）相公萬福。

（外）夫人免禮。

〔玉樓春〕（老旦）相公：『幾年別下南安路，春去秋來朝復暮。

（外）空懷錦水故鄉情，不見揚州行樂處。

（老旦）你摩挲老劍評今古，那箇英雄閒處住？（淚介）

（合）忘憂恨自少宜男，淚灑嶺雲江外樹。』

（老旦）相公，我提起亡女，你便無言。豈知俺心中愁恨！一來爲苦傷女兒，二來爲全無子息。待趁在揚州尋下一房，與相公傳後。尊意何如？

（外）使不得，部民之女哩。

（老旦）這等，過江金陵女兒可好？

（外）當今王事匆匆，何心及此。

（老旦）苦殺俺麗娘兒也！（哭介）

（淨扮報子上）『詔從日月威光遠，兵洗江淮殺氣高。』稟老爺，有朝報。

（外起看報介）樞密院一本，爲邊兵寇淮事。奉聖旨：便著淮揚安撫使杜寶，刻日渡淮。不許遲誤。欽此。呀，兵機緊急，聖旨森嚴。夫人，俺同你移鎭淮安，就此起程也。

（丑扮驛丞上）『羽檄從參贊，牙籤報驛程。』稟老爺，船集齊備。（內鼓吹介）

（上船介）（內稟『合屬官吏候送』，外分付『起去』介）

（外）夫人，又是一江秋色也。

【長拍】天意秋初，天意秋初，金風微度，城闕外畫橋煙樹。看初收潑火，嫩涼生，微雨沾裾。移畫舸浸蓬壺。報潮生風氣肅，浪花飛吐，點點白鷗飛近渡。風定也，落日搖帆映綠蒲，白雲秋窣的鳴簫鼓。何處菱歌，喚起江湖？

（外）呀，岸上跑馬的什麼人？

【不是路】（末扮報子，跑馬上）馬上傳呼，慢櫓停船看羽書。

（外）怎的來？

（末）那淮安府，李全將次逞狂圖。

（外）可發兵守禦麼？

（末）怎支吾？星飛調度憑安撫。則怕這水路裏耽延，你還走旱途。

（外）休驚懼。夫人，吾當走馬紅亭路；你轉船歸去、轉船歸去。

（老旦）咳，後面報馬又到哩。

【前腔】（丑扮報子上）萬騎胡奴，他要塹斷長淮塞五湖。老爺快行，休遲誤。小的先去也。怕圍城緩急要降胡。（下）

（老旦哭介）待何如？你星霜滿鬢當戎虜，似這烽火連天各路衢。

（外）真愁促，怕揚州隔斷無歸路。再和你相逢何處、相逢何處？夫人，就此告辭了。揚州定然有警，可徑走臨安。

【短拍】老影分飛，老影分飛，似參軍杜甫，把山妻泣向天隅。（老旦哭介）無女一身孤，亂軍中別了夫主。（合）有什麼命夫命婦，都是些鰥寡孤獨！生和死，圖的箇夢和書。

【尾聲】（老旦）老殘生兩下裏自支吾。（外）俺做的是這地頭軍府。（老旦）老爺也，珍重你這滿眼兵戈一腐儒。（外下）

（老旦歎介）天呵，看揚州兵火滿道。春香，和你徑走臨安去也。

隋堤風物已淒涼，吳融　楚漢寧教作戰場。韓偓
閨閣不知戎馬事，薛濤　雙雙相趁下殘陽。羅鄴

第四十三齣　禦　淮

【六么令】（外引生、末、眾扮軍人上）西風揚譟，漫騰騰殺氣兵妖。望黃淮秋捲浪雲高。排雁陣，展《龍韜》，斷重圍殺過河陽道。

（外）走乏了！眾軍士，前面何處？

（眾）淮城近了。

（外望介）天呵！

〔昭君怨〕『剩得江山一半，又被胡笳吹斷。（眾）秋草舊長營，血風腥。（外）聽得猿啼鶴怨，淚濕征袍如汗。（眾）老爺呵！無淚向天傾，且前征。』

（外）眾三軍，俺的兒，你看咫尺淮城，兵勢危急。俺們一邊捨死先衝入城，一面奏請朝廷添兵救助。三軍聽吾號令，鼓勇而行。

（眾哭應介）謹如軍令。

【四邊靜】（行介）坐鞍心把定中軍號，四面旌旗遶。旗開日影搖，塵迷日光小。（合）胡兵氣驕，南兵路遙。血暈幾重圍，孤城怎生料！

（外）前面寇兵截路，衝殺前去。（合下）

【前腔】（淨引丑、貼扮眾軍喊上）李將軍射雁穿心落，豹子翻身嚼。單尖寶鐙挑，把追風膩旗兒梟。（合前）

（淨笑介）你看俺溜金王手下，雄兵萬餘，把淮陰城圍了七週遭。好不緊也！

（內擂鼓喊介）

（淨）呀，前路兵風，想是杜安撫來到。分兵一千，迎殺前去。（虛下）

（外、眾唱『合前』上，淨眾上打話，單戰介）（淨叫眾擺長陣攔路介）（外叫『眾軍，衝圍殺進城去』介）

（淨）呀，杜家兵衝入圍城去了。且由他。喫盡糧草，自然投降也。（合前）（下）

【番卜算】（老旦、末扮文官上）鎮日陣雲飄，閃卻烏紗帽。（淨、丑扮武官上）（淨）長鎗大劍把河橋。（丑）鼓角如龍叫。（見介）請了。

〔更漏子〕（老旦）『枕淮樓，臨海際。（末）殺氣騰天震地。（丑）聞礮鼓，使人驚。插天飛不成。（淨）匣中劍，腰間箭，領取背城一戰。（合）愁地道，怕天衡。幾時來杜公？』

（老旦）俺們是淮安府行軍司馬，和這參謀，都是文官。遭此賊兵圍緊，久已迎接安撫杜老大人，還不見到。敢問二位留守將軍，有何計策？

（丑）依在下所見，降了他罷。

（末）怎説這話？
（丑）不降，走爲上計。
（老旦）走的一箇，走不的十箇。
（丑）這般說，俺小奶奶那一口放那裏？
（淨）鎖放大櫃子裏。
（丑）鑰匙哩？
（淨）放俺處。李全不來，替你託妻寄子。
（丑）李全來哩？
（淨）替你出妻獻子。
（丑）好朋友，好朋友！（內擂鼓喊介）
（生扮報子上）報，報，報。正南一枝兵馬，破圍而來。杜老爺到也。
（眾）快開城門迎接去。『天地日流血，朝廷誰請纓。』（眾並下）
【金錢花】（外引眾上）連天殺氣蕭條，蕭條。連城圍了週遭，週遭。風喇喇，陣旗飄。叫開城，下吊橋。（老旦等上）（合）文和武，索迎著。
（老旦等跪介）文武官屬，迎接老大人。
（外）起來，敵樓相見。（老旦等應，起下）

【前腔】（外）胡塵染惹征袍，征袍。血花風腥寶刀，寶刀。（內擂鼓介）淮安鼓，揚州簫。擺鸞旗，登麗譙。（合）排衙了，列功曹。（到介）

（貼扮辦事官上）稟老爺升堂。

【粉蝶兒引】（外）萬里寄龍韜，那得戍樓清嘯？

（貼報門介）文武官屬進。

（老旦等參見介）孤城累卵，方當萬死之危；開府弄丸，來赴兩家之難。凡俺官僚，禮當拜謝。

（外）兵鋒四起，勞苦諸公，皆老夫遲慢之罪，只長揖便了。（眾應起揖介）

（外）看來此賊頗有兵機。放俺入城，其中有計。

（眾）不過穿地道，起雲梯，下官粗知備禦。

（外）怕的是鎖城之法耳。

（丑）敢問何謂鎖城？是裏面鎖，外面鎖？外面鎖，鎖住了溜金王；若裏面鎖，連下官都鎖住了。

（外）不提起罷了。城中兵幾何？

（淨）一萬三千。

（外）糧草幾何？

（末）可支半年。

（外）文武同心，救援可待。（內擂鼓喊介）

（生扮報子上）報，報，李全兵緊圍了。

（外長歎介）這賊好無理也。

【刮鍬兒】兵多食廣禁圍遶，則要你文班武職兩和調。（眾）巡城徹昏曉，這軍民苦勞。（內喊介）（泣介）（合）那兵風正號，俺軍聲靜悄。（外拜天，眾扶同拜介）淚灑孤城，把蒼天暗禱。

【前腔】（眾）危樓百尺堪長嘯，籌邊兩字寄英豪。（外）江淮未應小，君侯佩刀。（合前）

（外）從今日起，文官守城，武官出城，隨機策應。

（丑）則怕大金家兵來了。

（外）金兵呵！

【尾聲】他看頭勢而來不定交，休先倒折了趙家旗號。便來呵，也少不得死裏求生那一著敲。

（淨）日日風吹虜騎塵，陳標　（丑）三千犀甲擁朱輪。陳陶

（外）胸中別有安邊計，曹唐　（眾）莫遣功名屬別人。張籍

第四十四齣　急難

【菊花新】(旦上)曉妝臺圓夢鵲聲高，閒把金釵帶笑敲。博山秋影搖，盼泥金俺明香暗焦。

『鬼魂求出世，貧落望登科。夫榮妻貴顯，凝盼事如何？』俺杜麗娘跟隨柳郎科試，偶逢天子招賢，只這些時還遲喜報。正是：『長安咫尺如千里，夫婿迢遙第一人。』

【出隊子】(生上)詞場湊巧，無奈兵戈起禍苗。盼泥金賺殺玉多嬌，他待地窟裏隨人上九霄。一脈離魂，江雲暮潮。(見介)

(旦)柳郎，你回來了。望你高車晝錦，爲何徒步而回？

(生)聽俺道來：

【瓦盆兒】去遲科試，收場鎖院散群豪。

(旦)咳，原來去遲了。

(生)喜逢著舊知交。

(旦)可曾補上？

(生)虧他滿船明月又把去珠淘。

（旦喜介）好了。放榜未？

（生）恰正在奏龍樓，開鳳榜，蹊蹺……

（旦）怎生蹊蹺？

（生）你不知大金家兵起，殺過淮揚來了。忙喇煞細柳營，權將杏苑拋，

剛則遲誤了你夫人花誥。

（旦）遲也不爭幾時。則問你，淮揚地方，便是俺爹爹管轄之處了？

（生）便是。

（旦哭介）天也，俺的爹娘怎了！（泣介）

（生）直恁的活擦擦、痛生生，腸斷了。比如你在泉路裏可心焦？

（旦）罷了。奴有一言，未忍啓齒。

（生）但說不妨。

（旦）柳郎，放榜之期尚遠，欲煩你淮揚打聽爹娘消耗，未審許否？

（生）謹依尊命。奈放小姐不下。

（旦）不妨，奴家自會支吾。

（生）這等就此起程了。

【榴花泣】（旦）白雲親舍，俺孤影舊梅梢。道香魂恁寂寥，怎知魂向你

枝銷，維揚千里，長是一靈飄。回生事少，爹娘呵，聽的俺活在人間驚一跳。平白地鳳婿過門，好似半青天鵲影成橋。

【前腔】(生)俺且行且止，兩處係心苗。要留旅店伴多嬌……

(旦)有姑姑爲伴。

(生)陰人難伴你這冷長宵。把心兒不定，還怕你舊魂飄。

(旦)再不飄了。

(生)俺文高中高，怕一時榜下歸難到。

(旦泣介)俺爹娘呵！

(生)你念雙親捨的離情，俺為半子怎惜攀高。小姐，卑人拜見岳翁岳母，起頭便問及回生之事了。

【漁家燈】(旦歎介)說的來似怪如妖，怕爹爹執古妝喬。

(想介)有了，將奴春容帶在身傍。但見了一幅春容，少不的問俺兩下根苗。

(生)問時怎生打話？

(旦)則說是天曹，偶然注定的姻緣到，驀踏著墓墳開了。

(生)說你先到俺書齋纔好。

（旦羞介）休喬，這話教人笑。略說與梅香賊牢。

【前腔】（生）俺滿意兒待駟馬過門，和你離魂女同歸氣高。誰承望探高親去傍干戈，怕寒儒欠整衣毛。

（旦）女婿老成些不妨。則途路孤恓，使奴罣念。

（生）秋霄，雲橫雁字斜陽道，向秦淮夜泊魂銷。

（旦）夫，你去時冷落些，回來報中狀元呵……

（生）名標，大拜門喧笑，抵多少駙馬還朝。

（淨上）『雨傘晴兼雨，春容秋復春。』包袱雨傘在此。

【尾聲】（拜別介）（旦）秀才郎探的箇門楣著。（生）報重生這歡聲不小。（旦）柳郎，那裏平安了便回，休只顧的月明橋上聽吹簫。

（生）不爲經時謁丈人，劉　商　（旦）囊無一物獻尊親。杜　甫

（生）馬蹄漸入揚州路，章孝標　（旦）兩地各傷無限神。元　稹

第四十五齣　寇間

【包子令】（老旦、外扮賊兵巡哨上）大王原是小嘍囉，嘍囉。娘娘原是小旗婆，旗婆。立下箇草朝忒快活，虧心又去搶山河。（合）轉巡羅，山前山後一聲鑼。

兄弟，大王爺攻打淮城，要箇人見杜安撫打話。大路頭影兒沒一箇，小路頭尋去。（唱前合下）

【駐馬聽】（末雨傘、包袱上）家舍南安，有道為生新失館。要腰纏十萬，教學千年，方纔滿貫。

俺陳最良為報杜小姐之事，揚州見杜安撫大人。誰知他淮安被圍，教俺沒前沒後。大路上不敢行走，抄從小路而去。

學先師傳食走胡旋，怯書生避寇遭塗炭。你看樹影彫殘，猿啼虎嘯教人歎。

（老、外上）『明知山有虎，故向虎邊行。』鳥漢那裏去？（拿介）

（末）饒命，大王。

（外）還有箇大王哩。

（末）天，天怎了！正是：『烏鴉喜鵲同行，吉凶全然未保。』（並下）

【普賢歌】（淨、丑眾上）莽乾坤生俺賊兒頑，誰道賊人膽裏單！南朝俺不蠻，北朝俺不番。甚天公有處安排俺？

（淨）娘娘，俺和你圍了淮安許時，只是不下。要得箇人去淮安打話，兼看杜安撫動定如何。則眼下無人可使哩。

（丑）必得杜老兒親信之人，將計就計，方纔可行。

【粉蝶兒】（外綁末上）沒路走羊腸，天、天呵，撞入這屠門怎放！（見介）

（外）稟大王，拏的箇南朝漢子在此。

（淨）是箇老兒。何方人氏？作何生理？

（末）聽稟：

【大迓鼓】生員陳最良，南安人氏，訪舊淮揚。

（淨）訪誰？

（末）便是杜安撫。他後堂曾設扶風帳。

（丑）你原來他衙中教學。幾箇學生？

（末）則他甄氏夫人，單生下一女。女書生年少亡。

（丑）還有何人？

（末）義女春香，夫人伴房。

（丑笑背介）一向不知杜老家中事體。今日得知，吾有計矣。

（回介）這腐儒，且帶在轅門外去。（眾應，押末下介）

（丑）大王，奴家有了一計。昨日殺了幾箇婦人，可於中取出首級二顆。則說杜家老小，回至揚州，被俺手下殺了。獻首在此。故意蘇放那腐儒，傳示杜老。杜老心寒，必無守城之意矣。

（淨）高見，高見。

（淨起低聲分付介）叫中軍。（生扮上）

（淨）俺請那腐儒講話中間，你可將昨日殺的婦人首級二顆來獻，則說是杜安撫夫人甄氏和他使女春香。牢記著。（生應下）

（淨）左右，再拿秀才來見。（眾押末上介）

（末）饒命，大王。

（淨）你是箇細作，不可輕饒。

（丑）勸大王鬆了他，聽他講些兵法到好。

（淨）也罷。依娘娘說，鬆了他。（眾放末縛介）

（末叩頭介）叩謝大王、娘娘不殺之恩。

（淨）起來，講些兵法俺聽。

（末）衛靈公問陳於孔子，孔子不對。說道：『吾未見好德如好色者也。』

（淨）這是怎麼說？

（末）則因彼時衛靈公有箇夫人南子同座，先師所以怕得講話。

（淨）他夫人是南子，俺這娘娘是婦人。

（內擂鼓，生扮報子上介）報，報，報！揚州路上兵馬，殺了杜安撫家小，徑來獻首級討賞。

（淨看介）則怕是假的。

（生）千眞萬眞。夫人甄氏，這使女叫做春香。

（末做看認，驚哭介）天呵，眞箇是老夫人和春香也。

（淨）哇，腐儒啼哭什麼！還要打破淮城，殺杜老兒去。

（末）饒了罷，大王。

（淨）要饒他，除非獻了這座淮安城罷。

（末）這等容生員去傳示大王虎威，立取回報。

（丑）大王恕你一刀，腐儒快走。（內擂鼓發喊，開門介）（末作怕介）

【尾聲】顯威風，記的這溜金王。

（淨、丑）你去說與杜安撫呵，著什麼耀武揚威早納降。俺實實的要展江山、非是謊。（下）

（末打躬送介）（弔場）活強盜，活強盜。殺了杜老夫人、春香。不免城中報去。

海神東過惡風迴，李白　日暮沙場飛作灰。常建
今日山翁舊賓主，劉禹錫　與人頭上拂塵埃。李山甫

第四十六齣　折　寇

【破陣子】（外戎裝佩劍，引眾上）接濟風雲陣勢，侵尋歲月邊陲。（內擂鼓喊介）（外歎介）你看虎咆般礮石連雷碎，鴈翅似刀輪密雪施。

李全，李全，你待要霸江山，吾在此。

〔集唐〕『誰能談笑解重圍　皇甫冉？萬里胡天鳥不飛　高駢。今日海門南畔事　高駢，滿頭霜雪爲兵機　韋莊。』

我杜寶自到淮揚，即遭兵亂。孤城一片，困此重圍。只索調度兵糧，飛揚金鼓。生還無日，死守由天。潛坐敵樓之中，追想靖康而後。中原一望，萬事傷心。

【玉桂枝】問天何意：有三光不辨華夷，把腥羶吹換人間，這望中原做了黃沙片地？（惱介）猛沖冠怒起，猛沖冠怒起，是誰弄的，江山如是？（歎介）中原已矣，關河困，心事違。也則願保揚州，濟淮水。

俺看李全賊數萬之眾，破此何難？進退遲疑，其間有故。俺有一計可救圍，恨無人與遊說。（內擂鼓介）

（淨扮報子上）『羽檄場中無雁到，鬼門關上有人來。』好笑，城圍的鐵桶似緊，有秀才來打秋風，則索報去。稟老爺：有箇故人相訪。
（外）敢是奸細？
（淨）說是江右南安府陳秀才。
（外）這迂儒怎生飛的進來？快請見。
【浣溪沙】（末上）擺旌旗，添景致，又不是鬧元宵鼓𪍿齊飛。杜老爺在那裏？
（外出笑迎介）忽聞的千里故人誰？
（歎介）原來是先生到此。教俺驚垂淚。
（末）老公相頭通白了。
（合）白首相看俺與伊，三年一見愁眉。（拜介）
（末）〔集唐〕『頭白乘驢懸布囊 盧綸，（外）故人相見憶山陽 譚用之。（末）橫塘一別千餘里 許渾，（外）卻認并州作故鄉 賈島。』
（末）恭諗公相，又苦傷老夫人回揚州，被賊兵所算了。
（外驚介）怎知道？
（末）生員在賊營中，眼同驗過老夫人首級，和春香都殺了。
（外哭介）天呵，痛殺俺也！

【玉桂枝】相夫登第，表賢名甄氏吾妻。稱皇宣一品夫人，又待伴俺立雙忠烈女。想賢妻在日，想賢妻在日，淒然垂淚，儼然冠帔。（外哭倒，衆扶介）

（末）我的老夫人，老夫人怎了！你將官們也大家哭一聲兒麼！

（衆哭介）老夫人呵！

（外作惱拭淚介）呀，好沒來由！夫人是朝廷命婦，罵賊而死，理所當然。我怎爲他亂了方寸，灰了軍心？身為將，怎顧的私？任恓惶，百無悔。陳先生，溜金王還有話麼？

（末）不好說得，他還要殺老先生。

（外）咳，他殺俺甚意兒？俺殺他全為國。

（末）依了生員，兩下都不要殺。

（做扯外耳語介）那溜金王要這座淮安城。

（外）噤聲！那賊營中是一箇座位，是兩箇座位？

（末）他和妻子連席而坐。

（外笑介）這等，吾解此圍必矣。先生竟爲何來？

（末）老先生不問，幾乎忘了。爲小姐墳兒被盜，徑來相報。

（外驚介）天呵！塚中枯骨，與賊何仇？都則爲那些寶玩害了也。賊是誰？

（末）老公相去後，道姑招了箇嶺南遊棍柳夢梅爲伴。見物起心，一夜劫墳逃去。屍骨丟在池水中。因此不遠千里而告。

（外歎介）女墳被發，夫人遭難。正是：『未歸三尺土，難保百年身。既歸三尺土，難保百年墳。』也索罷了，則可惜先生一片好心。

（末）生員拜別老公相後，一發貧薄了。

（外歎介）軍中倉卒，無以爲情。我把一大功勞，先生幹去。

（末）願效勞。

（外）我久寫下咫尺之書，要李全解散三軍之眾。餘無可使，煩公一行。左右，取過書儀來。儻說得李全降順，便可歸奏朝廷，自有箇出身之處。

（雜取書禮介）『儒生三寸舌，將軍一紙書。』書儀在此。

（末）途費謹領。送書一事，其實怕人。

（外）不妨。

【榴花泣】兵如鐵桶，一使在其中。將折簡、去和戎。陳先生，你志誠打的賊兒通。雖然寇盜奸雄，他也相機而動。

（末）恐遊說非書生之事。

（外）看他開圍放你來，其意可知。你這書生正好做傳書用。

（末）仗恩臺一字長城，借寒儒八面威風。（內鼓吹介）

【尾聲】戍樓羌笛話匆匆。事成呵，你歸去朝廷沾寸寵，這紙書敢則是保障江淮第一封。

（外）隔河征戰幾歸人？劉長卿　（末）五馬臨流待幕賓。盧綸

（外）勞動先生遠相訪，王建　（末）恩波自會惜枯鱗。劉長卿

第四十七齣 圍釋

【出隊子】（貼扮通事上）一天之下，南北分開兩事家。中間放著個蓼兒洼，明助著番家打漢家。通事中間，撥嘴撩牙。

事有足詫，理有必然。自家溜金王麾下一名通事便是。好笑，好笑，俺大王助金圍宋，攻打淮城。誰知北朝暗地差人去到南朝講話！正是：『暫通禽獸語，終是犬羊心。』（下）

【雙勸酒】（淨引眾上）橫江虎牙，插天鷹架。擂鼓揚旗，衝車甲馬。把座錦城牆、圍的陣雲花。杜安撫、你有翅難加。

自家溜金王。攻打淮城，日久未下。外勢雖然虎踞，中心未免狐疑。一來怕南朝大兵兼程策應，二來怕北朝見責委任無功：眞個進退兩難。待娘娘到來計議。

（丑上）『驅兵捉將蚩尤女，捏鬼粧神豹子妻。』大王，你可聽見大金家有人南朝打話，回到俺營門之外了？

（淨）有這事？（老旦扮番將帶刀騎馬上）

【北夜行船】大北裏宣差傳站馬，虎頭牌滴溜的分花。

（外扮馬夫趕上介）滑了，滑了。

（老旦）那古裏誰家？跑番了拽喇。怎生呵，大營盤沒個人兒答煞。

（外大叫介）溜金爺，北朝天使到來。（下）

（淨、丑作慌介）快叫通事請進。

（貼上，接跪介）溜金王患病了。請那顏進。

（老旦）可纔、可纔道句兒克卜喇。

（下馬，上坐介）都兒都兒。

（淨問貼介）怎麼說？

（貼）惱了。

（淨、丑舉手，老旦做惱不回介）（指淨介）鐵力溫都答喇。

（淨問貼介）怎說？

（貼）不敢說，要殺了。

（淨）卻怎了？

（老旦做看丑笑介）忽伶忽伶。

（丑問貼介）（貼）歎娘娘生的妙。

（老旦）克老克老。

（貼）說走渴了。

（老旦手足做忙介）兀該打刺。
（貼）叫馬乳酒。
（老旦）約兒兀只。
（貼）要燒羊肉。
（淨叫介）快取羊肉、乳酒來。（外持酒肉上）
（老旦灑酒，取刀割羊肉喫，笑，將羊油手擦胸介）一六兀剌的。
（貼）不惱了，說有禮體。
（老旦作醉介）鎖陀八，鎖陀八。
（貼）說醉了。
（老旦作看丑介）倒喇倒喇。
（丑笑介）怎說？
（貼）要娘娘唱個曲兒。
（丑）使得。
【北清江引】呀，啞觀音覷著個番答辣，胡蘆提笑哈。兀那是都麻，請將來岸答。撞門兒一句咬兒只不毛古喇。通事，我斟一杯酒，你送與他。

（貼作送酒介）阿阿兒該力。

（丑）通事，說甚麼？

（貼）小的稟娘娘送酒。

（丑）著了。

（老旦作醉，看丑介）孛知，孛知。

（貼）又央娘娘舞一回。

（丑）使得，取我梨花鎗過來。

【前腔】（持鎗舞介）冷梨花點點風兒刮，裊得腰身乍。胡旋兒打一車，花門折一花。把一個睃啜老那顏風勢煞。

（老旦反背，拍袖笑倒介）忽伶忽伶。（貼扶起老旦介）

（老旦擺手倒地介）阿來不來。

（貼）這便是唱喏，叫唱一直。

（老旦笑點頭招丑介）哈嗽哈嗽。

（貼）要問娘娘。

（丑笑介）問什麼？

（老旦扯丑輕說介）哈嗽兀該毛克喇，毛克喇。

（丑笑問貼介）怎說？

（貼作搖頭介）問娘娘討件東西。

（丑笑介）討甚麼？

（貼）通事不敢說。

（老旦笑倒介）古魯古魯。

（淨背叫貼問介）他要娘娘什麼東西？古魯古魯不住的。

（貼）這件東西，是要不得的。便要時，則怕娘娘不捨的。便是娘娘捨的，大王也不捨的。便大王捨的，小的也不捨的。

（淨）甚東西，直恁捨不的？

（貼）他這話到明，哈嗷兀該毛克喇，要娘娘有毛的所在。

（淨作惱介）氣也，氣也。這臊子好大膽，快取鎗來。

（淨作持花鎗趕殺介）（貼扶醉老旦走，老旦提酒壺叫『古魯古魯』架住鎗介）

【北尾】（淨）你那醋葫蘆指望把梨花架，臊奴，鐵圍牆敢靠定你大金家。（搦倒老旦介）則踹著你那幾莖兒苫嘴的赤支砂，把那嚥腥臊的嗷子兒生搭殺。（丑扯住淨，放老旦介）

（老旦）曳喇曳喇哈哩。

（指淨介）力婁吉丁母剌失，力婁吉丁母剌失。（作閃袖走下介）

（淨）氣殺找也。那曳喇哈的什麼？

（貼）叫引馬的去。

（淨）怎指著我力婁吉丁母剌失。

（貼）這要奏過他主兒，叫人來相殺。（淨作惱介）

（丑）老大王，你可也當著不著的。

（淨）啐，著了你那毛克喇哩。

（丑）便許他在那裏，你卻也忒撚酸。

（淨不語介）正是我一時風火性。大金家得知，這溜金王到有些欠穩。

（丑）便是番使南朝而回，未必其中有話。

（淨）娘娘高見何如？

（丑）容奴家措思。（內擂鼓介）

（貼扮報子上）報，報，報！前日放去的秀才，從淮城中單馬飛來。道有緊急，投見大王。

（丑）恰好，著他進來。

【縷縷金】（末）無之奈，可如何！書生承將令，強嘍囉。（內喊，末驚跌介）

一聲金砲響，將人跌蹉。可憐、可憐！密札札干戈，其間放著我。

（貼唱門介）生員進。

（末見介）萬死一生生員陳最良百拜大王殿下，娘娘殿下。

（淨）杜安撫獻了城池？

（末）城池不爲希罕，敬來獻一座王位與大王。

（淨）寡人久已爲王了。

（末）正是官上加官，職上添職。杜安撫有書呈上。

（淨看書介）『通家生杜寶頓首李王麾下』。

（問末介）秀才，我與杜安撫有何通家？

（末）漢朝有個李、杜至交，唐朝也有個李、杜契友，因此杜安撫斗膽稱個通家。

（淨）這老兒好意思。書有何言？

【一封書】（讀書介）『聞君事外朝，虎狼心，難定交。肯回心聖朝，保富貴，全忠孝。平粱取采須收好，背暗投明帶早超。憑陸賈，說莊蹻。顒望麾慈即鑒昭。』

（笑介）這書勸我降宋，其實難從。『外密啓一通，奉呈尊閫夫人。』

（笑介）杜安撫也畏敬娘娘哩。

（丑）你念我聽。

（淨看書介）『通家生杜寶斂衽楊老娘娘帳前。』咳也，杜安撫與娘娘，又通家起來。

（末）大王通得去，娘娘也通去。

（淨）也通得去。只漢子不該說斂衽。

（末）娘娘肯斂衽而朝，安撫敢不斂衽而拜！

（丑）說的好。細念我聽。

（淨念書介）『通家生杜寶斂衽楊老娘娘帳前：遠聞金朝封貴夫爲溜金王，並無封號及於夫人。此何禮也？杜寶久已保奏大宋，勅封夫人爲討金娘娘之職。伏惟粧次鑒納。不宣。』好也，到先替娘娘討了恩典哩。

（丑）陳秀才，封我討金娘娘，難道要我征討大金家不成？

（末）受了封誥後，但是娘娘要金子，都來宋朝取用。因此叫做討金娘娘。

（丑）這等是你宋朝美意。

（末）不說娘娘，便是衛靈公夫人，也說宋朝之美。

（丑）依你說。我冠兒上金子，成色要高。我是帶盔兒的娘子。近時人家首飾渾脫，就一個盔兒，要你南朝照樣打造一付送我。

（末）都在陳最良身上。

（淨）你只顧討金討金，把我這溜金王，溜在那裏？

（丑）連你也做了討金王罷。

（淨）謝承了。

（末叩頭介）則怕大王、娘娘退悔。

（丑）俺主意定了。便寫下降表，齎發秀才回奏南朝去。

【前腔】（淨）歸依大宋朝，怕金家成禍苗。（丑）秀才，你擔承這遭，要黃金須任討。（末）大王，你鄱陽湖磬響收心早，娘娘，你黑海岸回頭星宿高。（合）便休兵，隨聽招。免的名標在叛賊條。（淨）秀才，公館留飯。星夜草表送行。（舉手送末，拜別介）

【尾聲】（淨）咱比李山兒何足道，這楊令婆委實高。（末）帶了你這一紙降書，管取那趙官家歡笑倒。（末下）

（淨、丑弔場）（淨）娘娘，則為失了一邊金，得了兩條王。人要一個王不能勾，俺領下兩個王號。豈不樂哉！

（丑）不要慌，還有第三個王號。

（淨）什麼王號？

（丑）叫做齊肩一字王。

（淨）怎麼？

（丑）殺哩。

（淨）隨順他。又殺什麼？

（丑）你俺兩人作這大賊，全仗金韃子威勢。如今反了面，南朝拿你何難。

（淨作惱介）哎喲，俺有萬夫不當之勇，何懼南朝！

（丑）你眞是個楚霸王，不到烏江不止。

（淨）胡說！便作俺做楚霸王，要你做虞美人，定不把趙康王占了你去。

（丑）罷，你也做楚霸王不成，奴家的虞美人也做不成。換了題目做。

（淨）什麼題目？

（丑）范蠡載西施。

（淨）五湖在哪裏？——去做海賊便了。

（丑作分付介）衆三軍，俺已降順了南朝。暫解淮圍，海上伺候去。

（衆應介）解圍了。

（內鼓介）船隻齊備了，稟大王起行。（衆行介）

【江頭送別】淮揚外，淮揚外，海波搖動。東風勁，東風勁，錦帆吹送。奪取蓬萊為巢洞，鰲背上立著旗峰。

【前腔】順天道，順天道，放些兒閒空。招安後，招安後，再交兵這重。險做了爲金家傷炎宋。權袖手，做個混海癡龍。

（眾）稟大王娘娘，出海了。

（淨）且下了營，天明進發。

（淨）干戈未定各爲君，許渾　（丑）龍鬥雌雄勢已分。常建

（淨）獨把一麾江海去，杜牧　（眾）莫將弓箭射官軍。寶鞏

第四十八齣

遇母

第四十八齣　遇母

【十二時】(旦上)不住的相思鬼，把前身退悔。土臭全消，肉香新長。嫁寒儒客店裏孤栖。(淨上)又著他攀高謁貴。

〔浣溪沙〕『(旦)寂寞秋窗冷簟紋，(淨)明瑠玉枕舊香塵，(旦)斷潮歸去夢郎頻。(淨)桃樹巧逢前度客，(旦)翠煙真是再來人，(合)月高風定影隨身。』

(旦)姑姑，奴家喜得重生，嫁了柳郎。只道一舉成名，回去拜訪爹娘。誰知朝廷為著淮南兵亂，開榜稽遲。我爹娘正在圍城之內，只得齎發柳郎往尋消耗，撇下奴家錢塘客店。你看那江聲月色，悽愴人也。

(淨)小姐，比你黃泉之下，景致爭多。

(旦)這不在話下。

【針線廂】雖則是荒村店江聲月色，但說著墳窩裏前生今世，則這破門簾亂撒星光內，煞強似洞天黑地。姑姑呵，三不歸父母如何的？七件事兒夫家靠誰？心悠曳，不死不活，睡夢裏為箇人兒。

(淨)似小姐的罕有。

【前腔】伴著你半間靈位，又守見你一房夫婿。
(旦)姑姑，那夜搜尋秀才，知我閃在那裏？
(淨)則道畫幀兒怎放的箇人迴避，做的事瞞神謊鬼。
(旦)昏黑了，你看月兒黑黑的星兒晦，螢火青青似鬼火吹。
(旦)好上燈了。
(淨)沒油，黑坐地，三花兩燄，留的你照解羅衣。
(旦)夜長難睡，還向主家借些油去。
(淨)你院子裏坐坐，咱去借來。『合著油瓶蓋，踏踤玉蓮蓬。』(下)(旦玩月歎介)

【月兒高】(老旦、貼行路上)江北生兵亂，江南走多半。不載香車穩，趿的鞋鞓斷。夫主兵權，望天涯生死可判。前呼後擁，一箇春香伴。鳳髻消除，打不上揚州纂。上岸了到臨安。趁黃昏黑影林巒，生忔察的難投館。
(貼)且喜到臨安了。
(老旦)咳，萬死一逃生，得到臨安府。俺女娘無處投，長路多孤苦。
(貼)前面像是箇半開門兒，驀了進去。

（老旦進介）呀，門房空靜，內可有人？

（旦）誰？

（貼）是箇女人聲息。待打叫一聲開門。

【不是路】（旦驚介）斜倚雕闌，何處嬌音喚啓關？

（老旦）行程晚，女娘們借住霎兒間。

（旦）聽他言，聲音不似男兒漢，待自起開門月下看。（見介）

（旦）是一位女娘，請裏坐。

（老旦）相提盼，人間天上行方便。

（旦）趨迎遲慢，趨迎遲慢。（打照面介）（老旦作驚介）

【前腔】破屋頹椽，姐姐呵，你怎獨坐無人燈不燃？

（旦）這閑庭院，玩清光長送過這月兒圓。

（老旦背叫貼）春香，這像誰來？

（貼驚介）不敢說，好像小姐。

（老旦）你快瞧房兒裏面，還有甚人？若沒有人，敢是鬼也？（貼下）

（旦背）這位女娘，好像我母親，那丫頭好像春香。

（作回問介）敢問老夫人，何方而來？

（老旦歎介）自淮安，我相公是淮陽安撫、遭兵難，我避虜逃生到此間。

（旦背介）是我母親了，我可認他？

（貼慌上，背語老旦介）一所空房子，通沒箇人影兒。是鬼，是鬼！（老旦作怕介）

（旦）聽他說起，是我的娘也。

（旦向前哭娘介）（老旦作避介）敢是我女孩兒？怠慢了你，你活現了。春香，有隨身紙錢，快丟，快丟。（貼丟紙錢介）

（旦）兒不是鬼。

（老旦）不是鬼，我叫你三聲，要你應我一聲高如一聲。（做三叫三應，聲漸低介）

（老旦）是鬼也。

（旦）娘，你女兒有話講。

（老旦）則略靠遠，冷淋侵一陣風兒旋，這般活現。

（旦）那些活現？

（旦扯老旦作怕介）兒，手恁般冷。

（貼叩頭介）小姐，休要撚了春香。
（老旦）兒，不曾廣超度你，是你父親古執。
（旦哭介）娘，你這等怕，女孩兒死不放娘去了。
【前腔】（淨持燈上）門戶牢拴，為甚空堂人語諠？（燈照地介）這青苔院，怎生吹落紙黃錢？
（貼）夫人，來的不是道姑？
（老旦）可是。
（淨驚介）呀，老夫人春香那裏來？這般大驚小怪。看他打盤旋，那夫人呵，怕漆燈無燄將身遠。小姐，恨不得幽室生輝得近前。
（旦）姑姑快來，奶奶害怕。
（貼）這姑姑敢也是箇鬼？
（淨扯老旦，照旦介）休疑憚。移燈就月端詳遍，可是當年人面？
（合）是當年人面。
（老旦抱旦泣介）兒呵，便是鬼，娘也捨不的去了。
【前腔】腸斷三年，怎墜海明珠去復旋？
（旦）爹娘面，陰司裏憐念把魂還。

（貼）小姐，你怎生出的墳來？

（旦）好難言。

（老旦）是怎生來？

（旦）則感的是東嶽大恩眷，託夢一箇書生把墓踹穿。

（老旦）書生何方人氏？

（旦）是嶺南柳夢梅。

（貼）怪哉，當眞有箇柳和梅。

（老旦）怎同他來此？

（旦）他來科選。

（老旦）這等是箇好秀才，快請相見。

（旦）我央他看淮揚動靜去把爹娘探，因此上獨眠深院，獨眠深院。

（老旦背與貼語介）有這等事？

（貼）便是，難道有這樣出跳的鬼？

（老旦回泣介）我的兒呵！

【番山虎】則道你烈性上青天，端坐在西方九品蓮，不道三年鬼窟裏重相見。哭得我手麻腸寸斷，心枯淚點穿。夢魂沈亂，我神情倒顛。看時兒立地，叫時娘各天。怕你茶飯無澆奠，牛羊侵墓田。(合)今夕何年？今夕何年？咦，還怕這相逢夢邊。

【前腔】(旦泣介)你拋兒淺土，骨冷難眠。喫不盡爺娘飯，江南寒食天。可也不想有今日，也道不起從前。似這般糊突謎，甚時明白也天！鬼不要，人不嫌，不是前生斷，今生怎得連！(合前)

(老旦)老姑姑，也虧你守著我兒。

【前腔】(淨)近的話不堪提嚥，早森森地心疏體寒。空和他做七做中元，怎知他成雙成愛眷？(低與老旦介)我捉鬼拿姦，知他影戲兒做的恁活現？(合)這樣奇緣，這樣奇緣，打當了輪迴一遍。

【前腔】(貼)論魂離倩女是有，知他三年外靈骸怎全？則恨他同棺槨、少箇郎官，誰想他為院君這宅院。小姐呵，你做的相思鬼穿，你從夫意專。那一日春香不鋪其孝筵，那節兒夫人不哀哉醮薦？早知道你撇離了陰司，跟了人上船！(合前)

【尾聲】(老旦)感得化生女顯活在燈前面。則你的親爹，他在賊子窩中沒信傳。

(旦)娘放心。有我那信行的人兒，他穴地通天，打聽的遠。

想象精靈欲見難，歐陽詹　碧桃何處便驂鸞？薛　逢

莫道非人身不煖，白居易　菱花初曉鏡光寒。許　渾

第四十九齣　淮泊

【三登樂】（生包袱、雨傘上）有路難投，禁得這亂離時候！走孤寒落葉知秋。為嬌妻思岳丈，探聽揚州。又誰料他困守淮揚，索奔前答救。

【集唐】『那能得計訪情親 李白？濁水污泥清路塵 韓愈。自恨爲儒逢世難 盧綸，卻憐無事是家貧 韋莊。』

俺柳夢梅陽世寒儒，蒙杜小姐陰司熱寵，得爲夫婦，相隨赴科。且喜殿試攛過卷子，又被邊報耽誤榜期。因此小姐呵，聞說他尊翁淮揚兵急，叫俺沿路上體訪安危。親齎一幅春容，敬報再生之喜。雖則如此，客路貧難，諸凡路費之資，盡出壙中之物。其間零碎寶玩，急切典賣不來。有些成器金銀，土氣銷鎔有限。兼且小生看書之眼，並不認的等子星兒。一路上賺騙無多，逐日裏支分有盡。得到揚州地面，恰好岳丈大人移鎮淮城。賊兵阻路，不敢前進。且喜因循解散，不免迤逞數程。

【錦纏道】早則要、醉揚州尋杜牧，夢三生花月樓，怎知他長淮去休！那裏有纏十萬順天風、跨鶴閒遊！則索傍漁樵尋食宿、敗荷衰柳，添一抹五湖秋。那秋意兒有許多迤逗！咱功名事未酬，冷落我斷腸閨秀。堪回首？算江南江北有十分愁。

一路行來，且喜看見了插天高的淮城，城下一帶清長淮水。那城樓之上，還掛有丈六闊的軍門旗號。大吹大擂，想是日晚掩門了。且尋小店歇宿。

（丑上）『多攙白水江湖酒，少賺黃邊風月錢。』秀才投宿麼？（生進店介）

（丑）要果酒，案酒？

（生）天性不飲。

（丑）柴米是要的？

（生）喫倒算。

（丑）算倒喫。

（生）花銀五分在此。

（丑）高銀散碎些，待我稱一稱。

（稱介，作驚叫介）銀子走了。（尋介）

（生）怎的大驚小怪？

（丑）秀才，銀子地縫裏走了。你看碎珠兒。

（生）這等還有幾塊在這裏。

（丑接銀又走，三度介）呀，秀才原來會使水銀？

（生）因何是水銀？（背介）是了，是小姐殯斂之時，水銀在口。龍含土成珠而上天，鬼含汞成丹而出世，理之然也。此乃見風而化。原初小姐死，水銀也死；如今小姐活，水銀也活了。則可惜這神奇之物，世人不知。

（回介）也罷了。店主人，你將我花銀都消去了，如今一釐也無。這本書是我平日看的，准酒一壺。

（丑）書破了。

（生）貼你一枝筆。

（丑）筆開花了。

（生）此中使客往來，你可也聽見『讀書破萬卷』？

（丑）不聽見。

（生）可聽見『夢筆吐千花』？

（丑）不聽見。

【皁羅袍】（生作笑介）可笑一場閒話，破詩書萬卷，筆蕊千花。是我差了，這原不是換酒的東西。

（丑笑介）『神仙留玉佩，卿相解金貂。』

（生）你說金貂玉佩，那裏來的？有朝貨與帝王家，金貂玉佩書無價。你還不知道，便是千金小姐，依然嫁他。一朝臣宰，端然拜他。

（丑）要他則麼？

（生）讀書人把筆安天下。

（丑）不要書，不要筆，這把雨傘可好？

（丑）天下雨哩。

（生）明日不走了。

（丑）餓死在這裏？

（生笑介）你認的淮揚杜安撫麼？

（丑）誰不認的！明日㘆太平宴哩。

（生）則我便是他女婿來探望他。

（丑驚介）喜是相公說的早，杜老爺多早發下請書了。

（生）請書那裏？

（丑）和相公瞧去。

（丑請生行介）待小人背褡袱雨傘。（行介）

（生）請書那裏？

（丑）兀的不是！

（生）這是告示居民的。

（丑）便是。你瞧！

【前腔】『禁為閒遊姦詐。』杜老爺是巴上生的：『自三巴到此，萬里為家。不教子姪到官衙，從無女婿親閒雜。』這句單指你相公：『若有假充行騙，地方稟拿。』下面說小的了：『扶同歇宿，罪連主家。為此須至關防者。右示通知。建炎三十二年五月日示。』

你看後面安撫司杜大花押。上面蓋著一顆『欽差安撫淮揚等處地方提督軍務安撫司使之印』，鮮明紫粉。相公，相公，你在此消停，小人告回了。『各人自掃門前雪，休管他家屋上霜。』（下）

（生哭介）我的妻，你怎知丈夫到此悽惶無地也。

（作望介）呀，前面房子門上有大金字，咱投宿去。

（看介）四箇字：『漂母之祠。』怎生叫做漂母之祠？

（看介）原來壁上有題：『昔賢懷一飯，此事已千秋。』是了，乃前朝淮陰侯韓信之恩人也。我想起來，那韓信是箇假齊王，尚然有人一飯；俺柳夢梅是箇眞秀才，要杯冷酒不能勾！像這漂母，俺拜他一千拜。

【鶯皁袍】（拜介）垂釣楚天涯，瘦王孫，遇漂紗。楚重瞳較比這秋波瞎。太史公表他，淮安府祭他，甫能勾一飯千金價。看古來婦女多有俏眼兒：文公乞食，僖妻禮他；昭關乞食，相逢浣紗。鳳尖頭叩首三千下。

起更了，廊下一宿。早去伺候開門。沒水梳洗。（看介）好了，下雨哩。

舊事無人可共論，韓愈　只應漂母識王孫。王遵
轅門拜手儒衣弊，劉長卿　莫使沾濡有淚痕。韋洵美

第五十齣　鬧宴

【梁州令】（外引丑眾上）長淮千騎雁行秋，浪捲雲浮，思鄉淚國倚層樓。（合）看機遘，逢奏凱，且遲留。

〔昭君怨〕『萬里封侯岐路，幾兩英雄草屨。秋城鼓角催，老將來。烽火平安昨夜，夢醒家山淚下。兵戈未許歸，意徘徊。』

我杜寶身爲安撫，時値兵衝。圍絕救援，貽書解散。李寇既去，金兵不來。中間善後事宜，且自看詳停當。分付中軍門外伺候。（眾下）（丑把門介）

（外歎介）雖有存城之歡，實切亡妻之痛。（淚介）我的夫人呵，昨已單本題請他的身後恩典，兼求賜假西歸。未知旨意何如？正是：『功名富貴草頭露，骨肉團圓錦上花。』（看文書介）

【金蕉葉】（生破衣巾攜春容上）窮愁客愁，正搖落鴈飛時候。（整容介）帽兒光整頓從頭，還則怕未分明的門楣認否？

（丑喝介）甚麼人行走？

（生）是杜老爺女婿拜見。

（丑）當眞？

（生）秀才無假。
（丑進稟介）（外）關防明白了。
（問丑介）那人材怎的？
（丑）也不怎的。袖著一幅畫兒。
（外笑介）是箇畫師。則說老爺軍務不閒便了。
（丑見生介）老爺軍務不閒。請自在。
（生）叫我自在，自在不成人了。
（丑）等你去，成人不自在。
（生）老爺可拜客去麼？
（丑）今日文武官僚喫太平宴，牌簿都繳了。
（生）大哥，怎麼叫做太平宴？
（丑）這是各邊方年例。則今年退了賊，筵宴盛些。席上有金花樹，銀臺盤，長尺頭，大元寶，無數的。你是老爺女婿，背幾箇去。
（生）原來如此。則怕進見之時，考一首《太平宴詩》，或是《軍中凱歌》，或是《淮清頌》，急切怎好？且在這班房裏等著打想一篇，正是『有備無患』。
（丑）秀才還不走，文武官員來也。（生下）

【梁州令】（末扮武官上）長淮望斷塞垣秋，喜兵甲潛收。賀昇平、歌頌許吾流。（淨扮武官上）兼文武，陪將相，宴公侯。請了。

（末）今日我文武官屬太平宴，水陸務須華盛，歌舞都要整齊。

（末、淨見介）聖天子萬靈擁輔，老君侯八面威風。寇兵銷咫尺之書，軍禮設太平之宴。謹已完備，望乞俯容。

（外）軍功雖卑末難當，年例有諸公怎廢？難言奏凱，聊用舒懷。（內鼓吹介）

（丑持酒上）『黃石兵書三寸舌，清河雪酒五加皮』酒到。

【梁州序】（外澆酒介）天開江左，地沖淮右。氣色夜連刁斗。（末、淨進酒介）長城一線，何來得御君侯！喜平銷戰氣，不動征旗，一紙書回寇。那堪羌笛裏望神州！這是萬里籌邊第一樓。

（合）乘塞草，秋風候，太平筵上如淮酒，盡慷慨，爲君壽。

【前腔】（外）吾皇福厚。群才策湊，半壁圍城堅守。（末、淨）分明軍令，杯前借箸題籌。（外）我題書與李全夫婦呵，也是燕支卻虜，夜月吹篪，一字連環透。不然無救也怎生休！不是天心不聚頭。（合前）（內擂鼓介）

（老旦扮報子上）『金貂并入三公府。錦帳誰當萬里城？』報老爺奏本已下，奉有聖旨，不准致仕。欽取老爺還朝，同平章軍國大事。老夫人追贈一品貞烈夫人。

（末、淨）平章乃宰相之職，君侯出將入相，官屬不勝欣仰。

【前腔】（末、淨送酒介）攬貂蟬歲月淹留，慶龍虎風雲輻輳。君侯此一去呵，看洗兵河漢，接天高手。偏好桂花時節，天香隨馬，簫鼓鳴清晝。到長安宮闕裏報高秋，可也河上砧聲憶舊遊？（合前）

（外）諸公皆高才壯歲，自致封侯。如杜寶者，白首還朝，何足道哉！

【前腔】每日價看鏡登樓，淚沾衣渾不如舊。似江山如此，光陰難又。猛把吳鉤看了，闌干拍遍，落日重回首。此去呵，恨南歸草草也寄東流，（舉手介）你可也明月同誰嘯庾樓？（合前）

（生上）『腹稿已吟就，名單還未通。』

（見丑介）大哥替我再一稟。

（丑）老爺正喫太平宴。

（生）我太平宴詩也想完一首了，太平宴還未完。

（丑）誰叫你想來？

（生）大哥，俺是嫡親女婿，沒奈何稟一稟。

（丑進稟介）稟老爺，那箇嫡親女婿，沒奈何稟見。

（外）好打！

（丑出作惱，推生走介）（生）『老丈人高宴未終，咱半子禮當恭候。』（下）

（旦、貼扮女樂上）『壯士軍前半死生，美人帳下能歌舞。』營妓們叩頭。

【節節高】轅門簫鼓啾，陣雲收。君恩可借淮揚寇？貂插首，玉垂腰，金佩肘。馬敲金鐙也秋風驟，展沙隄笑拂朝天袖。（合）但捲取江山獻君王，看玉京迎駕把笙歌奏。

（生上）『欲窮千里目，更上一層樓。』想歌闌宴罷，小生飢困了。不免衝席而進。

（丑攔介）餓鬼不羞？

（生惱介）你是老爺跟馬賤人，敢辱我乘龍貴婿？打不的你。（生打丑介）

（外問介）軍門外誰敢喧嚷？

（丑）是早上嫡親女婿叫做沒奈何的，破衣、破帽、破褡褳、破雨傘，手裏拏一幅破畫兒，說他餓的荒了，要來衝席。但勸的都打，連打了九箇半，則剩下小的這半箇臉兒。

（外惱介）可惡。本院自有禁約，何處寒酸，敢來胡賴？

（末、淨）此生委係乘龍，屬官禮當攀鳳。

（外）一發中他計了。叫中軍官暫時拏下那光棍。逢州換驛，遞解到臨安監候者。

（老旦扮中軍官應介）（出縛生介）

（生）冤哉，我的妻呵！『因貪弄玉爲秦贅，且戴儒冠學楚囚。』（下）

（外）諸公不知。老夫因國難分張，心痛如割。又放著這等一箇無名子來聒噪人，愈生傷感。

（末、淨）老夫人受有國恩，名標烈史。蘭玉自有，不必慮懷。叫樂人進酒。

【前腔】（末、淨）江南好宦遊。急難休，樽前且進平安酒。看福壽有，子女悠，夫人又。

（外）徑醉矣。（旦、貼作扶介）

（外淚介）閃英雄淚漬盈盈袖，傷心不為悲秋瘦。（合前）

（外）諸公請了。老夫歸朝念切，即便起程。（內鼓樂介）

【尾聲】明日離亭一杯酒。（末、淨）則無奈丹青聖主求。（外笑介）怕畫的上麒麟人白首。

（外）萬里沙西寇已平，張喬　（末）東歸銜命見雙旌。韓翃

（淨）塞鴻過盡殘陽裏，耿湋　（眾）淮水長憐似鏡清。李紳

第五十一齣　榜下

（老旦、丑扮將軍持瓜、鎚上）『鳳舞龍飛作帝京，巍峨宮殿羽林兵。天門欲放傳臚喜，江路新傳奏凱聲。』請了。聖駕升殿，在此祇候。

【北點絳唇】（外扮老樞密上）整點朝綱，運籌邊餉，山河壯。（淨扮苗舜賓上）翰苑文章，顯豁的昇平象。

請了，恭喜李全納款，皆李樞密調度之功也。

（外）正此引奏。前日先生看定狀元試卷，蒙聖旨武偃文修，今其時矣。

（淨）正此題請。呀，一箇老秀才走將來。好怪，好怪！

（末破衣巾捧表上）『先師孔夫子，未得見周王。本朝聖天子，得覩我陳最良。』非小可也。（見外、淨介）生員陳最良告揖。

（淨驚介）又是遺才告考麼？

（末）不敢，生員是這樞密老大人門下引奏的。

（外）則這生員，是杜安撫叫他招安了李全，便中帶有降表。故此引見。

（內響鼓，唱介）奏事官上御道。（外前跪，引末後跪、叩頭介）

（外）掌管天下兵馬知樞密院事臣謹奏：恭賀吾主，聖德天威。淮寇來降，金兵不動。有淮揚安撫臣杜寶，敬遣南安府學生員臣陳最良奏事，帶有李全降表進呈。微臣不勝歡忭！

（內介）杜寶招安李全一事，就著生員陳最良詳奏。

（外）萬歲！（起介）

（末）帶表生員臣陳最良謹奏：

【駐雲飛】淮海維揚，萬里江山氣脈長。那安撫機謀壯，矯詔從寬蕩。嗏，李賊快迎降，他表文封上。金主聞知，不敢兵南向。他則好看花到洛陽。咱取次擒胡到汴梁。

（內介）奏事的午門候旨。

（末）萬歲！（起介）

（淨跪介）前廷試看詳文字官臣苗舜賓謹奏：

【前腔】殿策賢良，榜下諸生候久長。亂定人歡暢，文運天開放。嗏，文字已看詳，臚傳須唱。莫遣夔龍，久滯風雲望。早是蟾宮桂有香，御酒封題菊半黃。

（內介）午門外候旨。

（淨）萬歲！

（起行介）今當榜期，這些寒儒，卻也候久。
（外笑介）則這陳秀才夾帶一篇海賊文字，到中得快。
（內介）聖旨已到，跪聽宣讀。『朕聞李全賊平，金兵迴避。甚喜，甚喜。此乃杜寶大功也。杜寶已前有旨，欽取回京。陳最良有奔走口舌之才，可充黃門奏事官，賜其冠帶。其殿試進士，於中柳夢梅可以狀元。金瓜儀從，杏苑赴宴。謝恩。』（眾呼『萬歲』起介）
（眾扮雜取冠帶上）『黃門舊是黌門客，藍袍新作紫袍仙。』
（末作換冠服介）二位老先生，告揖。
（外、淨賀介）恭喜，恭喜。明日便借重新黃門唱榜了。
（末）適間宣旨，狀元柳夢梅何處人？
（淨）嶺南人，此生遭際的奇異。
（外）有甚奇異？
（淨）其日試卷看詳已定，將次進呈。恰好此生午門外放聲大哭，告收遺才。原來爲搬家小到京遲誤。學生權收他在附卷進呈，不想點中狀元。
（外）原來有此！
（末背想介）聽來敢便是那箇、那箇柳夢梅？他那有家小？是了，和老道姑做一家兒。
（回介）不瞞老先生，這柳夢梅也和晚生有舊。
（外、淨）一發可喜可賀了。

（淨）榜題金字射朝暉，鄭畋　（外）獨奏邊機出殿遲。王建
（末）莫道官忙身老大，韓愈　（合）曾經卓立在丹墀。元稹

第五十二齣　索元

【吳小四】（淨扮郭駝傘、包上）天九萬，路三千。月餘程，抵半年。破蝨裝衣擔壓肩，壓的頭臍匾又圓，扢喇察龜兒爬上天。

謝天，老駝到了臨安。京城地面，好不繁華。則不知柳秀才去向，俺且往天街上瞧去。呀，一夥臭軍踢禿禿走來，且自迴避。正是：『不因漁父引，怎得見波濤！』（下）

【六么令】（老旦、丑扮軍校旗、鑼上）朝門榜遍，怎生狀元柳夢梅不見？又不是黃巢下第題詩赴。排門的問，刻期宣，再因循敢淹答了杏園公宴。

（老旦笑介）好笑，好笑，大宋國一場怪事。你道差不差？中了狀元干鱉煞。你道奇不奇？中了狀元囉唣唏。你道興不興？中了狀元胡廝趕。你道山不山？中了狀元一道煙。天下人古怪，不像嶺南人。你瞧這駕牌上，『欽點狀元嶺南柳夢梅，年二十七歲，身中材，面白色。』這等明明道著，卻普天下找不出這人？敢家去哩，亡化哩，睡覺哩？則淹了瓊林宴席面兒。

（丑）哥，人山人海，那裏淘氣去？俺們把一位帶了儒巾喫宴去。正身出來，算還他席面錢。

（老）使不得，羽林衛宴老軍替得，瓊林宴進士替不得。他要杏苑題詩。
（丑）哥，看見幾箇狀元題詩哩。依你說叫去。
（行叫介）狀元柳夢梅那裏？（叫三次介）
（老旦）長安東西十二門，大街都無人應，小衚衕叫去。
（丑）這蘇木衚衕有箇海南會館。叫地方問去。（叫介）
（內應介）老長官貴幹？
（老旦、丑）天大事，你在睡夢哩！聽分付。
【香柳娘】問新科狀元，問新科狀元。
（內）何處人？
（眾）廣南鄉貫。
（內）是何名姓？
（眾）柳夢梅面白無巴纏。
（內）誰尋他來？
（眾）是當今駕傳，是當今駕傳。要得柳如煙，纔開杏花宴。
（內）俺這一帶鋪子都沒有，則瓦市王大姐家歇著箇番鬼。
（眾）這等，去，去，去。

（合）柳夢梅也天，柳夢梅也天。好幾箇盤旋，影兒不見。（下）

【集句】（貼扮妓上）『殘鶯何事不知秋 李後主？日日悲看水獨流 王昌齡。便從巴峽穿巫峽 杜甫，錯把杭州作汴州 林升。』

奴家王大姐是也。開箇門戶在此。天，一箇孤老不見，幾箇長官撞的來。

（老旦、丑上）王大姐喜哩。柳狀元在你家。

（貼）什麼柳狀元？

（眾）番鬼哩。

（貼）不知道。

（眾）地方報哩。

【前腔】笑花牽柳眠，笑花牽柳眠。

（貼）昨日有箇雞，不著褌去了。

（眾）原來十分形現。敢柳遮花映做葫蘆纏。有狀元麼？

（貼）則有箇狀匾。

（丑）房兒裏狀匾去。（進房搜介）（眾諢，貼走下介）

（眾）找煙花狀元，找煙花狀元。熱趕在誰邊，毛臊打教遍。去罷。（合前）（下）

【前腔】（淨拐杖上）到長安日邊，到長安日邊。果然風憲，九街三市排場遍。柳相公呵，他行蹤杳然，他行蹤杳然。有了俏家緣，風聲兒落誰店？少的大道上行走。那柳夢梅也天！（老旦、丑上）柳夢梅也天！好幾箇盤旋，影兒不見。

（丑作撞跌淨，淨叫介）跌死人，跌死人！

（丑作拏淨介）俺們叫柳夢梅，你也叫柳夢梅。則拏你官裏去。

（丑叩頭介）是了，梅花觀的事發了。小的不知情。

（眾笑介）定說你知情！是他什麼人？

（淨）聽稟：老兒呵！

【前腔】替他家種園，替他家種園，遠來探看。

（眾作忙）可尋著他哩？

（淨）猛紅塵透不出東君面。

（眾）你定然知他去向。

（淨）長官可憐，則聽是他到南安，其餘不知。

（眾）好笑，好笑！他到這臨安應試，得中狀元了。

（淨驚喜介）他中了狀元，他中了狀元！踏的菜園穿，攀花上林苑。長官，他中了狀元，怕沒處尋他！

（眾）便是哩。（合前）

（眾）也罷，饒你這老兒，協同尋他去。

（老）一第由來是出身，鄭谷　（丑）五更風水失龍鱗。張曙

（淨）紅塵望斷長安陌，韋莊　（合）只在他鄉何處人？杜甫

第五十三齣　硬　拷

【風入松慢】（生上）無端雀角土牢中。是什麼孔雀屏風？一杯水飯東床用，草床頭繡褥芙蓉，天呵，繫頭的是定昏店，赤繩羈鳳；領解的是藍橋驛，配遞乘龍。

〔集唐〕『夢到江南身旅羈　方干，包羞忍恥是男兒　杜牧。自家妻父猶如此　孫元晏，若問傍人那得知　崔顥！』

俺柳夢梅因領杜小姐言命，去淮揚謁見杜安撫。他在眾官面前，怕俺寒儒薄相，故意不行識認，遞解臨安。想他將次下馬，提審之時，見了春容，不容不認。只是眼下悽惶也。

（淨扮獄官，丑扮獄卒持棍上）『試喚皐陶鬼，方知獄吏尊。』咄！淮安府解來囚徒那裏？（生見舉手介）

（淨）見面錢？

（生）少有。

（丑）入監油？

（生）也無。

（淨惱介）哎呀，一件也沒有，大膽來舉手。（打介）

（生）不要打，儘行裝檢去便了。

（丑檢介）這箇酸鬼，一條破被單，裹一軸小畫兒。（看畫介）

（丑）是軸觀音，送奶奶供養去。

（生）都與你去，則留下軸畫兒。（丑作搶畫，生扯介）

（末扮公差上）『僵殺乘龍婿，寃遭下馬威。』獄官那裏？

（丑揖介）原來平章府祗候哥。

（末票示介）平章府提取送解犯人一名，及隨身行李赴審。

（丑）人犯在此，行李一些也無。

（生）都是這獄官搬去了。

（末）搬了幾件？拿狗官平章府去。

（丑、淨慌叩頭介）則這軸畫、被單兒。

（末）這狗官！還了秀才，快起解去。（淨、丑應介）

（押生行介）老相公，你便行動些兒。『略知孔子三分禮，不犯蕭何六尺條。』

（下）

【唐多令】（外引眾上）玉帶蟒袍紅，新參近九重。耿秋光長劍倚崆峒。

歸到把平章印總，渾不是黑頭公。

【集唐】『秋來力盡破重圍 羅鄴。入掌銀臺護紫微 李白。回頭卻歎浮生事 李中，長向東風有是非 羅隱。』

自家杜平章。因淮揚平寇，叨蒙聖恩，超遷相位。前日有箇棍徒，假充門婿。已著遞解臨安府監候。今日不免取來細審一番。（淨、丑押生上）

（雜扮門官唱門介）臨安府解犯人進。（見介）

（生）岳丈大人拜揖。（外坐笑介）

（生）人將禮樂爲先。（眾大呼喝介）（生長歎介）

【新水令】則這怯書生劍氣吐長虹，原來丞相府十分尊重，聲息兒忒洶湧。咱禮數缺通融，曲曲躬躬；他那裏半㩳身全不動。

（外）寒酸，你是那色人數？犯了法，在相府階前不跪！

（生）生員嶺南柳夢梅，乃老大人女婿。

（外）呀，我女已亡故三年。不說到納采下茶，便是指腹裁襟，一些沒有。何曾得有箇女婿來？可笑，可恨！祗候們與我拿下。

（生）誰敢拿！

【步步嬌】（外）我有女無郎，早把他青年送。剗口兒輕調閧。便做是我遠房門婿呵，你嶺南，吾蜀中，牛馬風遙，甚處裏絲蘿共？敢一棍兒走秋風！指說關親、騙的軍民動。

（生）你這樣女婿，眠書雪案，立榜雲霄，自家行止用不盡，定要秋風老大人？

（外）還強嘴！搜他包袱裏，定有假雕書印，併贓拿賊。

（丑開袱介）破布單一條，畫觀音一幅。

（外看畫驚介）呀，見贓了。這是我女孩兒春容。你可到南安，認的石道姑麼？

（生）認的。

（外）認的箇陳教授麼？

（生）認的。

（外）天眼恢恢，原來劫墳賊便是你。左右采下打。

（生）誰敢打？

（外）這賊快招來。

（生）誰是賊？老大人拏賊見贓，不曾捉奸見床來。

【折桂令】你道證明師一軸春容。

（外）春容分明是殉葬的。

（生）可知道是蒼苔石縫，迸坼了雲蹤？

（外）快招來。
（生）我一謎的承供，供的是開棺見喜，擋煞逢凶。
（外）壙中還有玉魚、金椀。
（生）有金椀呵，兩口兒同匙受用；玉魚呵，和我九泉下比目和同。
（外）還有哩。
（生）玉碾的玲瓏，金鎖的玎玲。
（外）都是那道姑。
（生）則那石姑姑他識趣拏奸縱，卻不似你杜爺爺逞拿賊威風。
（外）他明明招了。叫令史取過一張堅厚官綿紙，寫下親供：『犯人一名柳夢梅，開棺劫財者斬』寫完，發與那死囚，於斬字下押箇花字。會成一宗文卷，放在那裏。
（貼扮吏取供紙上）稟老爺定箇斬字。（外寫介）（貼叫生押花字）（生不伏介）
（外）你看這喫敲才！
【江兒水】眼腦兒天生賊，心機使的凶。還不畫花？
（生）誰慣來。
（外）你紙筆硯墨則好招詳用。

（生）生員又不犯奸盜。
（外）你奸盜詐僞機謀中。
（生）因令愛之故。
（外）你精奇古怪虛頭弄。
（生）令愛現在。
（外）現在麼，把他玉骨抛殘心痛。
（生）抛在那裏？
（外）後苑池中，月冷斷魂波動。
（生）誰見來？
（外）陳教授來報知。
（生）生員爲小姐費心，除了天知地知，陳最良那得知！
【鴈兒落】我爲他禮春容、叫的凶，我爲他展幽期、耽怕恐，我爲他點神香、開墓封，我爲他唾靈丹、活心孔，我爲他偎熨的體酥融，我爲他洗發的神清瑩，我爲他度情腸、款款通，我爲他啓玉肱、輕輕送，我爲他輭溫香、把陽氣攻，我爲他搶性命、把陰程迸。神通，醫的他女孩兒能活動。通也麼通，到如今風月兩無功。

（外）這賊都說的是甚麼話？著鬼了。左右，取桃條打他，長流水噴他。

（丑取桃條上）『要的門無鬼，先教園有桃。』桃條在此。

（外）高弔起打。

（眾弔起生，作打介）（生叫痛轉動，眾諢、打鬼介，噴水介）

（淨扮郭駝拐杖同老旦、貼扮軍校持金瓜上）『天上人間忙不忙？開科失卻狀元郎。』一向找尋柳夢梅，今日再尋不見，打老駝。

（淨）難道要老駝賠？買酒你喫，叫去罷。

（叫介）狀元柳夢梅那裏？

（外聽介）（眾叫下）（外問丑介）

（丑）不見了新科狀元，聖旨著沿街尋叫。

（生）大哥，開榜哩。狀元誰？

（外惱介）這賊閒管，掌嘴，掌嘴。（丑掌生嘴介）（生叫冤屈介）

（老旦、貼、淨依前上）『但聞丞相府，不見狀元郎。』咦，平章府打諠鬧哩。

（聽介）

（淨）裏面聲息，像有俺家相公哩！（眾進介）

（淨向前見哭介）弔起的是我家相公也！

（生）列位救我。
（淨）誰打相公來？
（生）是這平章。
（淨將拐杖打外介）拚老命打這平章。
（外惱介）誰敢無禮？
（老旦、貼）駕上的，來尋狀元柳夢梅。
（生）大哥，柳夢梅便是小生。（淨向前解生，外扯淨跌介）
（生）你是老駝，因何至此？
（淨）俺一徑來尋相公，喜的中了狀元。
（生）眞箇的！快向錢塘門外報與杜小姐知道。
（老旦、貼）找著了狀元，俺們也報知黃門官奏去。『未去朝天子，先來激相公。』（下）
（外）一路的光棍去了。正好拷問這廝，左右再與俺弔將起。
（生）待俺分訴些，難道狀元是假得的？
（外）凡爲狀元者，有登科錄爲證。你有何據？則是弔了打便了。（生叫苦介）
（淨扮苗舜賓引老旦，貼扮堂候官，捧冠袍帶上）『踏踧草鞋無覓處，得來全不費工夫。』老公相住手，有登科錄在此。

【僥僥犯】（淨）則他是御筆親標第一紅，柳夢梅為梁棟。

（外）敢不是他？

（淨）是晚生本房取中的。

（生）是苗老師哩，救門生一救！

（淨笑介）你高弔起文章鉅公，打桃枝受用。告過老公相，軍校，快請狀元下弔。（貼放，生叫『疼煞』介）

（淨）可憐，可憐！是斯文倒喫盡斯文痛，無情棒打多情種。

（生）他是我丈人。

（淨）原來是倚太山壓卵欺鸞鳳。

（老旦）狀元懸梁、刺股。

（淨）罷了，一領宮袍遮蓋去。

（外）什麼宮袍，扯了他！

【收江南】（外扯住冠服介）（生）呀，你敢抗皇宣罵敕封，早裂綻我御袍紅。似人家女婿呵！拜門也似乘龍。偏我帽光光走空，你桃夭夭煞風。（老旦替生冠服插花介）

（生）老平章，好看我插宮花帽壓君恩重。

（外）柳夢梅怕不是他。果是他，便童生應試，也要候案。怎生殿試了，不候榜開，來淮揚胡撞？

（生）老平章是不知。爲因李全兵亂，放榜稽遲。令愛聞得老平章有兵寇之事，著我一來上門，二來報他再生之喜，三來扶助你爲官。好意成惡意，今日可是你女婿了？

（外）誰認你女婿來！

【園林好】（淨眾）嗔怪你會平章的老相公，不刮目破窰中呂蒙。忒做作、前輩們性重。（笑介）敢折倒你丈人峰？

（外）悔不將劫墳賊監候奏請爲是。

【沽美酒】（生笑介）你這孔夫子，把公冶長陷縲絏中。我柳盜跖打地洞向鴛鴦塚。有日呵，把燮理陰陽問相公，要無語對春風。則待列笙歌畫堂中，搶絲鞭御街攔縱。把窮柳毅賠笑在龍宮，你老夫差失敬了韓重。我呵，人雄氣雄，老平章深躬淺躬，請狀元升東轉東。呀，那時節纔提破了牡丹亭杜鵑殘夢。老平章請了，你女婿赴宴去也。

【北尾】你險把司天臺失陷了文星空，把一箇有對付的玉潔冰清烈火烘。

咱想有今日呵，越顯的俺玩花柳的女郎能，則要你那打桃條的相公懂。（下）

（外弔場）異哉，異哉！還是賊，還是鬼？堂候官，去請那新黃門陳老爺到來商議。

（丑）知道了。『謁者有如鬼，狀元還似人。』（下）

（末扮陳黃門上）『官運精神老不眠，早朝三下聽鳴鞭。多沾聖主隨朝米，不受村童學俸錢。』自家陳最良。因奏捷，聖恩可憐，欽授黃門。此皆杜老相公擡舉之恩，敬此趣謝。

（丑上見介）正來相請，少待通報。（進報見介）

（外笑介）可喜，可喜！『昔爲陳白屋，今作老黃門。』

（末）『新恩無報效，舊恨有還魂。』適間老先生三喜臨門：一喜官居宰輔，二喜小姐活在人間，三喜女婿中了狀元。

（外）陳先生教的好女學生，成精作怪哩！

（末）老相公葫蘆提認了罷。

（外）先生差矣！此乃妖孽之事。爲大臣的，必須奏聞滅除爲是。

（末）果有此意，容晚生登時奏上取旨何如？

（外）正合吾意。

（外）夜讀滄州怪亦聽，陸龜蒙
（外）誰人斷得人間事？白居易
（末）可關妖氣暗文星？司空圖
（末）神鏡高懸照百靈。殷文圭

第五十四齣　聞喜

第五十四齣　聞　喜

【遶地遊】(貼上)露寒情怯，金井吹梧葉，轉不斷轆轤情劫。

咳，俺小姐爲夢見書生，感病而亡，已經三年。老爺與老夫人，時時痛他孤魂無靠。誰知小姐到活活的跟著箇窮秀才，寄居錢塘江上。母子重逢。眞乃天上人間，怪怪奇奇，何事不有！今日小姐分付安排繡床，溫習鍼指。小姐早來到也。

【遶紅樓】(旦上)秋過了平分日易斜，恨辭梁燕語周遮。人去空江，身依客舍，無計七香車。

『秋風吹冷破窗紗，夫婿揚州不到家。玉指淚彈江北草，金鍼閒刺嶺南花。』春香，我同柳郎至此，即赴試闈。虎榜未開，揚州兵亂。我星夜齎發柳郎，打聽爹娘消息。且喜老萱堂不意而逢，則老相公未知下落。想柳郎刻下可到，料今番榜上高題。須先翦下羅衣，襯其光彩。

(貼)繡床停當，請自尊裁。

(旦裁衣介)裁下了，便待縫將起來。(縫介)

(貼)小姐，俺淡口兒閒嗑，你和柳郎夢裏、陰司裏，兩下光景何如？

【羅江怨】(旦)春園夢一些，到陰司裏有轉折。夢中逗的影兒別，陰司較追的情兒切。
（貼）還魂時像怎的？
（旦）似夢重醒，猛回頭放教跌。
（貼）陰司可也有好耍子處？
（旦）一般兒輪迴路，駕香車，愛河邊題紅葉。便則到鬼門關逐夜的望秋月。
【前腔】（貼）你風姿恁惹邪，情腸害劣。小姐，你香魂逗出了夢兒蝶，把親娘腸斷了影中蛇。不道燕家荒斜，再立起鴛鴦舍。則問你會書齋燈怎遮？送情杯酒怎賒？取喜時，也要那破頭梢一泡血。
【玩仙燈】（老旦慌上）人語鬧吱嚥，聽風聲，似是女孩兒關節。
（旦）蠢丫頭，幽歡之時，彼此如夢，問他則甚！呀，奶奶來的恁忙也！兒，聽見外廂喧嚷，新科狀元是嶺南柳夢梅。
（旦）有這等事！
【前腔】（淨忙走上）旗影兒走龍蛇，甚宣差，教來近者。
（見介）奶奶，小姐，駕上人來。俺看門去也！（下）
【入賺】（外、丑扮軍校持黃旗上）深巷門斜，抓不出狀元門第也。這是了。（敲門介）

（老旦）聲息兒恁怔忡！把門兒偷瞥。（啓門，校衝開介）
（老旦）那衙門來的？
（校）星飛不迭。你看這旗，看這旗影兒頭勢別。是黃門官把聖旨教傳洩。
（老旦叫介）兒，原來是傳聖旨的。
（旦上）斗膽相詢，金榜何時揭？可有柳夢梅名字高頭列？
（校）他中了狀元。
（旦）眞箇中了狀元？
（校）則他中狀元，急節裏遭磨滅。
（旦驚介）是怎生？
（校）往淮揚觸犯了杜參爺，扭回京把他做劫墳塋的賊決。
（老旦）我兒，謝天謝地，老爺平安回京了。他那知世間有此重生之事。
（旦）這卻怎了？
（校）正高弔起猛桃條細抽掣，被官裏人搶去遊街歇。
（旦）恰好哩。
（校）平章他勢大，動本了。說劫墳之賊，不可以作狀元。

(旦)狀元可也辨一本兒?

(校)狀元也有本。那平章奏他惡茶白賴把陰人竊。那狀元呵,他說頭帶魁罡不受邪。便是萬歲爺聽了成癡呆。

(旦)後來?

(校)僥倖有箇陳黃門,是平章爺的故人。奏准,要平章、狀元和小姐三人,駕前勘對,方取聖裁。

(老旦)呀,陳黃門是誰?

(校)是陳最良,他說南安教授曾官舍。因此杜平章擡舉他掌朝班、通御謁。

(老旦)一發詫異哩。

(校)便是他著俺們來宣旨。分付你家一更梳洗,二鼓喫飯,三鼓穿衣,四更走動。到得五更三點徹,響玎璫翠佩,那是朝時節。

(旦)獨自箇怕人。

(校)怕則麼!平章宰相你親爺,狀元妻妾。俺去了。

(旦)再說些去。

(校)明朝金闕,討你幅撞門紅去了也。(下)

（旦）娘，爹爹高陞，柳郎高中。小旗兒報捷，又是平安帖。把神天叩謝，神天叩謝。

【滴溜子】（拜介）當日的、當日的梅根柳葉，無明路、無明路曾把遊魂再疊。果應夢、花園後摺。甫能勾迸到頭，搶了捷。鬼趣裏因緣，人間判貼。

【前腔】（老旦）雖則是、雖則是希奇事業，可甚的、可甚的驚勞駕帖？他道你、是花妖害怯，看承的柳抱懷做花下劫。你那爹爹呵，沒得個符兒再把花神召攝。

【尾聲】女兒，緊簪束揚塵舞蹈搖花頰。

（旦）叫我奏箇甚麼來？

（老旦）有了你活人硬證無虛脅。

（旦）少不的萬歲君王聽臣妾。

（淨扮郭駝上）『要問鼋鼉窟，還過烏鵲橋。』兩日再尋箇錢塘門不著。正好撞著老軍，說知夫人下處。抖擻了進去。（見介）

（老旦）你是誰？

（淨）狀元家裏的老駝，特來恭喜。

（旦）辛苦，你可見狀元麼？

（淨）俺往平章府搶下了狀元，要夫人去見朝也。

（老旦）往事閒徵夢欲分，韓　溉　（旦）今晨忽見下天門。張　籍

（淨）分明爲報精靈輩，僧貫休　（旦）淡掃蛾眉朝至尊。張　祜

第五十五齣　圓　駕

（淨、丑扮將軍持金瓜上）『日月光天德，山河壯帝居。』萬歲爺升朝，在此值殿。

【北點絳唇】（末上）寶殿雲開，御鑪煙靄，乾坤泰。（回身拜介）日影金階，早唱道黃門拜。

〔集唐〕『鸞鳳旌旗拂曉陳 韋元旦，傳聞闕下降絲綸 劉長卿。興王會淨妖氛氣 杜甫，不問蒼生問鬼神 李商隱。』

自家大宋朝新除授一箇老黃門陳最良是也。下官原是南安府飽學秀才。因柳夢梅發了杜平章小姐之墓，逕往揚州報知。平章念舊，著俺說平李寇，告捷效勞，蒙聖恩欽賜黃門奏事之職。不想平章回朝，恰遇柳生投見。當時拿下，遞解臨安府監候。卻說柳生先曾攛過卷子，中了狀元。找尋之間，恰好狀元弔在杜府拷問。當被駕前官校人等衝破府門，搶了狀元，上馬而去，到也罷了。又聽的說俺那女學生杜小姐也返魂在京。平章聽說女兒成了箇色精，一發惱激。央俺題奏一本，爲誅除妖賊事。中間劾奏柳夢梅係劫墳之賊，其妖魂託名亡女，不可不誅。杜老先生此奏，卻是名正言順。隨後柳生也奏一本，爲辨明心跡事。都奉有聖旨：『朕覽所奏，幽隱奇特。必須返魂之女，面駕敷陳，取旨定奪。』老夫又恐怕眞是杜小姐返魂，私著官校傳旨與他，五更朝見。正是：『三生石上看來去，萬歲臺前辨假眞。』道猶未了，平章、狀元早到。

【前腔】（外、生幞頭袍、笏同上介）（外）有恨妝排，無明耽帶，真奇怪。（生）啞謎難猜，今上親裁劃。岳丈大人拜揖。

（外）誰是你岳丈！

（生）平章老先生拜揖。

（外）誰和你平章？

（生笑介）古詩云：『梅雪爭春未肯降，騷人閣筆費平章。』今日夢梅爭辯之時，少不的要老平章閣筆。

（外）你罪人咬文哩。

（生）小生何罪？老平章是罪人。

（外）俺有平李全大功，當得何罪？

（生）朝廷不知，你那裏平的箇李全，則平的箇『李半』。

（外）怎生止平的箇『李半』？

（生笑介）你則哄的箇楊媽媽退兵，怎哄的全！

（外惱作扯生介）誰說？和你官裏講去。
（末作慌出見介）午門之外，誰敢諠譁！
（見介）原來是杜老先生。這是新狀元。放手，放手。（外放生介）
（末）狀元何事激惱了老平章？
（外）他罵俺罪人，俺得何罪？
（生）你說無罪，便是處分令愛一事，也有三大罪。
（外）那三罪？
（生）太守縱女遊春，一罪。
（外）是了。
（生）女死不奔喪，私建菴觀，二罪。
（外）罷了。
（生）嫌貧逐婿，刁打欽賜狀元，可不三大罪？
（末笑介）狀元以前也罪過些。看下官面分，和了罷。
（生）黃門大人，與學生有何面分？
（末笑介）狀元不知，尊夫人請俺上學來。
（生）敢是鬼請先生？

（末）狀元忘舊了。

（生認介）老黃門可是南安陳齋長？

（末）惶恐，惶恐。

（生）呀，先生，俺於你分上不薄，如何妄報俺為賊？做門館報事不眞；則怕做了黃門，也奏事不以實。

（末笑）今日奏事實了。遠望尊夫人將到，二公先行叩頭禮。

（內唱禮介）奏事官齊班。（外、生同進叩頭介）

（外）臣杜寶見。

（生）臣柳夢梅見。

（末）平身。（外、生立左右介）

（旦上）『麗娘本是泉下女，重瞻天日向丹墀。』

【黃鍾北醉花陰】平鋪著金殿琉璃翠鴛瓦，響鳴梢半天兒刮刺。

（淨、丑喝介）甚的婦人衝上御階？拿了！

（旦驚介）似這般猙獰漢，叫喳喳。在閻浮殿見了些青面獠牙，也不似今番怕。

（末）前面來的是女學生杜小姐麼？

（旦）來的黃門官像陳教授，叫他一聲：『陳師父，陳師父！』
（末應介）是也。
（旦）陳師父喜哩！
（末）學生，你做鬼，怕不驚駕？
（旦）噤聲。再休提探花鬼喬作衙，則說狀元妻來面駕。（淨、丑下）
（內）奏事人揚塵舞蹈。（旦作舞蹈、呼『萬歲，萬歲』介）
（內）平身。
（旦起）（內）聽旨：杜麗娘是眞是假，就著伊父杜寶，狀元柳夢梅，出班識認。
（生覷旦作悲介）俺的麗娘妻也。
（外覷旦，作惱介）鬼乜些眞箇一模二樣，大膽，大膽！
（作回身跪奏介）臣杜寶謹奏：臣女亡已三年，此女酷似，此必花妖孤媚，假託而成。俺王聽啓。
【南畫眉序】臣女沒年多，道理陰陽豈重活？願吾皇向金階一打，立見妖魔。
（生作泣）好狠心的父親！

（跪奏介）他做五雷般嚴父的規模，則待要一下裏把聲名煞抹。（起介）

（合）便閻羅包老難彈破，除取旨前來撤和。

（內）聽旨：朕聞人行有影，鬼形怕鏡。定時臺上有秦朝照膽鏡。黃門官，可同杜麗娘照鏡。看花陰之下，有無蹤影回奏。

（末應，同旦對鏡介）女學生是人是鬼？

【北喜遷鶯】（旦）人和鬼教怎生酬答？形和影現託著面菱花。

（末）鏡無改面，委係人身。再向花街取影而奏。（行看影介）

（旦）波查。花陰這答，一般兒蓮步迴鸞印淺沙。

（末奏）杜麗娘有蹤有影，的係人身。

（內）聽旨：麗娘既係人身，可將前亡後化事情奏上。

（旦）萬歲！臣妾二八年華，自畫春容一幅。曾於柳外梅邊，夢見這生。妾因感病而亡。葬於後園梅樹之下。後來果有這生，姓柳名夢梅，拾取春容，朝夕挂念。臣妾因此出現成親。

（悲介）哎喲，悽惶煞！這底是前亡後化，抵多少陰錯陽差。

（內）聽旨：柳狀元質證，麗娘所言眞假？因何頂名夢梅？（生打躬呼『萬歲』介）

【南畫眉序】臣南海泛絲蘿，夢向嬌姿折梅萼。果登程取試，養病南柯。因借居南安府紅梅院中，遊其後苑，拾得麗娘春容。因而感此眞魂，成其人道。

（外跪介）此人欺誑陛下，兼且點污臣之女也。論臣女呵，便死葬向水口廉貞，肯和生人做山頭撮合！

（合）便閻羅包老難彈破，除取旨前來撒和。

（內）聽旨：朕聞有云：『不待父母之命，媒妁之言，則國人父母皆賤之。』杜麗娘自媒自婚，有何主見？

（旦泣介）萬歲！臣妾受了柳夢梅再活之恩。

【北出隊子】眞乃是無媒而嫁。

（外）誰保親？

（旦）保親的是母喪門。

（外）送親的？

（旦）送親的是女夜叉。

（外）這等胡爲！

（生）這是陰陽配合正理。

（外）正理，正理！花你那蠻兒一點紅嘴哩！

（生）老平章，你罵俺嶺南人喫檳榔，其實柳夢梅脣紅齒白。

（旦）噤聲。眼前活立著箇女孩兒，親爺不認。到做鬼三年，有箇柳夢梅認親。則你這辣生生回陽附子較爭些，爲甚麼翠呆呆下氣的檳榔俊煞了他？

爹爹，你不認呵，有娘在。（指鬼門）現放著實丕丕貝母開談親阿媽。

（老旦上）多早晚女兒還在面駕。老身踹入正陽門叫冤去也。

（進見跪伏介）萬歲爺，杜平章妻一品夫人甄氏見駕。

（外、末驚介）那裏來的？眞箇是俺夫人哩。

（外跪介）臣杜寶啓，臣妻已死揚州亂賊之手，臣已奏請恩旨褒封。此必妖鬼捏作母子一路，白日欺天。（起介）

（生）這箇婆婆，是不曾認的他。

（內）聽旨：甄氏既死於賊手，何得臨安母子同居？

（老旦）萬歲！（起介）

【南滴溜子】（老旦）揚州路、揚州路遭兵劫奪，只得向、只得向長安住託。不想到錢塘夜過，黑撞著麗娘兒魂似脫。少不的子母肝腸，死同生活。

（內）聽甄氏所奏，其女重生無疑。則他陰司三載，多有因果之事。假如前輩做君王臣宰不臻的，可有的發付他？從直奏來。

（旦）這話不題罷了，提起都有。

（末）女學生，『子不語怪』。比如陽世府部州縣，尚然磨刷卷宗，他那裏有甚會案處！

【北刮地風】（旦）呀，那陰司一樁樁文簿查，使不著你猾律拿喳。是君王有半副迎魂駕，臣和宰玉鎖金枷。

（末）女學生，沒對證。似這般說，秦檜老太師在陰司裏可受的？

（旦）也知道些。說他的受用呵，那秦太師他一進門，忒楞楞的黑心鎚敢搗了千下，淅另另的紫筋肝剁作三花。

（眾驚介）爲甚剁作三花？

（旦）道他一花兒爲大宋，一花爲金朝，一花兒爲長舌妻。

（末）這等長舌夫人有何受用？

（旦）若說秦夫人的受用，一到了陰司，撏去了鳳冠霞帔，赤體精光。跳出箇牛頭夜叉，只一對七八寸長指彄兒，輕輕的把那撇道兒揢，長舌揸。

（末）爲甚？

（旦）聽的是東窗事發。

（外）鬼話也，且問你，鬼乜邪，人間私奔，自有條法。陰司可有？

（旦）有的是。柳夢梅七十條，爹爹發落過了，女兒陰司收贖。桃條打，罪名加，做尊官勾管了簾下。則道是沒眞場風流罪過些，有甚麼饒不過這嬌滴滴的女孩家。

（內）聽旨：朕細聽杜麗娘所奏，重生無疑。就著黃門官押送午門外，父子夫妻相認，歸第成親。（眾呼『萬歲』行介）

（老旦）恭喜相公高轉了。

（外）怎想夫人無恙！

（旦哭介）我的爹呵！

（外不理介）青天白日，小鬼頭遠些，遠些！陳先生，如今連柳夢梅俺也疑將起來，則怕也是箇鬼。

（末笑介）是踢斗鬼。

（老旦喜介）今日見了狀元女婿，女兒再生，一十分喜也。狀元，先認了你丈母罷。

（生揖介）丈母光臨，做女婿的有失迎待，罪之重也。

（旦）官人恭喜，賀喜。

（生）誰報你來？

（旦）到得陳師父傳旨來。

（生）受你老子的氣也。

（末）狀元，認了丈人翁罷。

（生）則認的十地閻君爲岳丈。

（末）狀元，聽俺分勸一言。

【南滴滴金】你夫妻趕著了輪迴磨，便君王使的箇隨風柁，那平章怕不做賠錢貨。到不如娘共女，翁和婿，明交割。

（生）老黃門，俺是箇賊犯。

（末笑介）你得便宜人，偏會撒科。則道你偷天把桂影那，不爭多先偷了地窟裏花枝朵。

（旦歎介）陳師父，你不教俺後花園遊去，怎看上這攀桂客來？

（外）鬼乜邪，怕沒門當戶對，看上柳夢梅什麼來！

【北四門子】（旦笑介）是看上他戴烏紗象簡朝衣挂，笑、笑、笑，笑的來眼媚花。

爹娘，人間白日裏高結綵樓，招不出箇官婿。你女兒睡夢裏、鬼窟裏選著箇狀元郎，還說門當戶對！則你箇杜杜陵慣把女孩兒嚇，那柳柳州他可也門戶風華。爹爹，認了女孩兒罷。

（外）離異了柳夢梅，回去認你。

（旦）叫俺回杜家，赸了柳衙。便作你杜鵑花，也叫不轉子規紅淚灑。（哭介）哎喲，見了俺前生的爹，即世嬤，顛不剌俏魂靈立化。（旦作悶倒介）

（外驚介）俺的麗娘兒！

（末作望介）怎那老道姑來也？連春香也活在？好笑，好笑！我在賊營裏瞧甚來？

【南鮑老催】（淨扮石姑同貼上）官前定奪，官前定奪。

（打望介）原來一眾官員在此。怎的起狀元、小姐嘴骨都站一邊？

（淨）眼見他喬公案斷的錯，聽了那喬教學的嘴兒嗑。

（末）春香賢弟也來了。這姑姑是賊。

（淨）啐，陳教化，誰是賊？你報老夫人死哩，春香死哩！做的箇紙棺材，舌鍬撥。

（向生介）柳相公喜也。

（生）姑姑喜也。這丫頭那裏見俺來？

（貼）你和小姐牡丹亭做夢時有俺在。

（生）好活人活證。

（淨、貼）鬼團圓不想到真和合，鬼揶揄不想做人生活。老相公，你便是鬼三台，費評跋。（淨、貼並下）

（末）朝門之下，人欽鬼伏之所，誰敢不從！少不得小姐勸狀元認了平章，成其大事。

（旦作笑勸生介）柳郎，拜了丈夫罷！（生不伏介）

【北水仙子】（旦）呀呀呀，你好差。（扯生手、按生肩介）好好好，點著你玉帶腰身把玉手叉。

（生）幾百箇桃條！

（旦）拜、拜、拜，拜荊條曾下馬。（扯外介）

（旦）扯、扯、扯，做太山倒了架。

（指生介）他、他、他，點黃錢聘了咱。俺、俺、俺，逗寒食喫了他茶。

（指末介）你、你、你，待求官、報信則把口皮喳。

（指生介）是是是，是他開棺見槨湔除罷。

（指外介）爹爹爹，你可也罵勾了咱這鬼乜邪。

（丑扮韓子才冠帶捧詔上）聖旨已到，跪聽宣讀。『據奏奇異，敕賜團圓。平章杜寶，進階一品。妻甄氏，封淮陰郡夫人。狀元柳夢梅，除授翰林院學士。妻杜麗娘，封陽和縣君。就著鴻臚官韓子才送歸宅院。』叩頭謝恩。

（丑見介）狀元恭喜了。

（生）呀，是韓子才兄。何以得此？

（丑）自別了尊兄，蒙本府起送先儒之後，到京考中鴻臚之職，故此得會。

（生）一發奇異了。

（末）原來韓老先也是舊朋友。（行介）

【南雙聲子】（眾）姻緣詫，姻緣詫，陰人夢黃泉下。福分大，福分大，周堂內是這朝門下。齊見駕，齊見駕，真喜洽，真喜洽。領陽間誥敕，去陰司銷假。

【北尾】（生）從今後把牡丹亭夢影雙描畫。（旦）虧殺你南枝挨暖俺北枝花。則普天下做鬼的有情誰似咱！

杜陵寒食草青青，韋應物　羯鼓聲高眾樂停。李商隱
更恨香魂不相遇，鄭瓊羅　春腸遙斷牡丹亭。白居易
千愁萬恨過花時，僧无則　人去人來酒一卮。元　稹
唱盡新詞歡不見，劉禹錫　數聲啼鳥上花枝。韋　莊

國家圖書館出版品預行編目資料

牡丹亭／（明）湯顯祖撰；王春梅點校．— 初版．—［臺北縣］新店市：三誠堂，2001［民90］

面；　公分．—（中國古典戲劇萃編；2）

ISBN 957-0362-53-7（平裝）

853.6　　　90003006

the Classical Theatre 0002

中國古典戲劇萃編之二

ISBN 957-0362-53-7

牡　丹　亭

明・湯顯祖　撰／底本懷德堂本

出版者：三誠堂出版社
發行人：游世龍
作者：湯顯祖
點校：王春梅
版面設計：吳一中
登記字號：北市建一字第二二七三一六號
地址：新店市僑愛四路一〇號
電話：（〇二）二二一五二三五九
傳真：（〇二）二二一五一四二七
劃撥帳號：一九三三八六一一號　三誠堂出版社
總經銷：貿騰發賣股份有限公司
地址：台北縣永和市永和路一段六九號八樓
電話：（〇二）二二三一三五〇三
傳真：（〇二）二二三一三三八四
初版：二〇〇一年三月
定價：定價新台幣二四〇元正